DE NOVO, OUTRA VEZ

Também de E. Lockhart:

O histórico infame de Frankie Landau-Banks

Mentirosos

Fraude legítima

Família de mentirosos

e. lockhart

DE NOVO, OUTRA VEZ

Tradução
FLÁVIA SOUTO MAIOR

Copyright do texto © 2020 by E. Lockhart
Todos os direitos reservados, inclusive o de reprodução total ou parcial em qualquer meio. Edição publicada mediante acordo com a Random House Children's Books, uma divisão da Penguin Random House LLC.

O selo Seguinte pertence à Editora Schwarcz S.A.

Grafia atualizada segundo o Acordo Ortográfico da Língua Portuguesa de 1990, que entrou em vigor no Brasil em 2009.

TÍTULO ORIGINAL Again Again
CAPA Alison Impey
ILUSTRAÇÃO DE CAPA Jeff Östberg, 2020
FUNDO DE NUVENS 1stchoice/ 123RF/ Easypix Brasil
PREPARAÇÃO Giu Alonso
REVISÃO Valquíria Della Pozza e Paula Queiroz

Dados Internacionais de Catalogação na Publicação (CIP)
(Câmara Brasileira do Livro, SP, Brasil)

Lockhart, E.
  De novo, outra vez / E. Lockhart ; tradução Flávia Souto Maior. — 1ª ed. — São Paulo: Seguinte, 2024.

  Título original: Again Again.
  ISBN 978-85-5534-308-7

  1. Ficção norte-americana I. Título.

23-174005   CDD-813

Índice para catálogo sistemático:
1. Ficção : Literatura norte-americana   813

Cibele Maria Dias – Bibliotecária – CRB-8/9427

Todos os direitos desta edição reservados à
EDITORA SCHWARCZ S.A.
Rua Bandeira Paulista, 702, cj. 32
04532-002 — São Paulo — SP
Telefone: (11) 3707-3500
www.seguinte.com.br
contato@seguinte.com.br

ELA PENSOU: Talvez a gente se conheça desde sempre. Talvez nossos corações tenham dado um jeito de se encontrar,
 tipo, duzentos anos atrás em um baile de debutante, ele de sobrecasaca e eu, sei lá, com algum vestido elegante e elaborado.
 Ou talvez nosso encontro tenha sido em outro
 mundo possível. Ou seja,
 em uma das inúmeras outras versões deste universo, os
 mundos que correm em paralelo a este,
 nós já estejamos
 apaixonados.

Para Daniel

SUMÁRIO

PARTE I
1. Uma história de amor 13
2. A estranha grandiosidade da mente humana 34
3. Uma festa filosófica 41
4. O irmão de Adelaide 65
5. A natureza precária do novo amor 78
6. Mikey Dois Ls, uma história de amor em um único universo 89
7. Uma espiral terrível 96
8. A gema de ovo atormentada 101
9. Bacon é algo muito especial 107
10. As atrações da tragédia 114
11. Não estou tentando transformar você em algo que você não é 119

PARTE II
12. Começa com cachorros 131
13. O interior de uma mente feita de espelhos 134
14. Por que histórias importam 142
15. Não é todo dia que se tira uma identidade 160
16. O que a luz faz com a tela 163

17. Almas gêmeas como conceito geral 171
18. Podemos fingir que eu nunca?................ 179
19. Como amar alguém........................ 185
20. Eu sou essa pessoa?........................ 196

PARTE III
21. Mikey Dois Ls em múltiplos universos.......... 207
22. Oscar, Terrance, Perla e os M&M's............. 217
23. O irmão de Adelaide, uma história em doze passos.. 223
24. *Loucos para amar* em vários mundos possíveis...... 226

PARTE IV
25. Uma mordida, em um mundo ainda não vislumbrado................................ 239
26. A festa filosófica, revisitada.................. 252
27. Um jogo de cartas perigoso.................. 257
28. Uma miniaturista.......................... 260
29. Poderia deixar aquela versão imaginária de lado.. 265
30. Uma guerra de absurdos inigualáveis........... 270
31. A onda de amor........................... 282
32. Algum dia, ou em outro universo............. 285
33. Coisas que ela não poderia expressar em palavras.. 290

Nota da autora............................... 297
Agradecimentos.............................. 299

PARTE I

1

UMA HISTÓRIA DE AMOR

Essa história acontece em inúmeros mundos.
Mas principalmente em dois.

Era o terceiro dia do emprego de férias de Adelaide Buchwald, no verão do penúltimo ano do ensino médio no internato.

Naquele verão, ela se apaixonaria e desapaixonaria mais de uma vez,
de diferentes formas,
em diferentes mundos possíveis.

Em todos os mundos, era consumida pelas contradições intensas de seu coração.

Adelaide queria ser salva e
queria independência.

Tinha tendência para preguiça,
curiosidade e
pensamento mágico.

Era cheia de charme, mas profundamente infeliz. Era mentirosa e odiava mentirosos. Amava verdadeira e obstinadamente. Apreciava beleza.

Seu trabalho era levar cinco cachorros para passear, de manhã e de noite. Eles pertenciam a professores que estavam de férias.

EllaBella,
Lorde Voldemort,
Coelha,

Pretzel e
o Grande Deus Pã.

Esses eram os cachorros. Na manhã em que conheceu Jack, Adelaide levou todos para a pracinha no campus da Escola Preparatória Alabaster. O cachorródromo era um espaço cercado, com chão de areia e rodeado de árvores. Olhando por entre as folhas, dava para ver o pináculo da torre do relógio da Alabaster. Ela soltou os cachorros e sentou em um banco enquanto eles brincavam. Ouviu podcasts sobre celebridades idiotas de quem nem gostava, tentando parar de pensar em Mikey Dois Ls.

Adelaide jogou bolas para os cachorros. Jogou gravetos. Recolheu cocô em saquinhos plásticos, depois descartou tudo no lixo.

EllaBella disse: *Você é uma humana gentil. Posso recostar em você?* E Adelaide deixou. Acariciou a cabeça peluda da cachorra.

Enviou uma mensagem para sua mãe contando do término com Mikey. Já tinha comentado com o pai o pouco que achava que ele precisava saber.

Adelaide e o pai, Levi Buchwald, tinham se mudado para a Alabaster para o penúltimo ano do ensino médio dela. Adelaide morava em um dormitório, e Levi, em uma moradia para docentes da Alabaster. Seu novo lar era uma casinha de madeira no final do campus. Era mobiliado com móveis de segunda mão e lotado de livros. Ele era professor de inglês.

A mãe de Adelaide, Rebecca, e o irmão mais novo, Toby, tinham passado o ano juntos em um casa alugada em Baltimore. Toby estava muito doente. Rebecca estava cuidando dele.

Rebecca fazia tricô. Antes, tinha uma loja chamada Armarinho Ovelha Feliz, onde dava aulas. Grande parte de sua casa era dedicada a cestas de vime abarrotadas de novelos. E plantas, das quais cuidava de maneira quase obsessiva. Rebecca era uma pessoa que se concentrava com muita atenção nas pessoas, nas plantas e nos novelos à sua frente.

Ela respondeu à mensagem de Adelaide sobre Mikey quase de imediato:

> Ah, droga. Sinto muito.
> Você tá bem?

Adelaide mentiu.

> Aham.

> O que aconteceu?

A última coisa que Adelaide queria fazer era contar à mãe a história de Mikey Dois Ls.

> ...

> ...

> Bem, se quiser conversar
> é só me chamar.

> Abraço forte! 🖤 🖤 🐳

Rebecca sempre usava o emoji da baleia, gorda e esguichando água. Adelaide não fazia ideia do que aquilo significava. Ela respondeu.

Acho que foi melhor terminar
mesmo.

Fiquei triste. Mas tive uma
boa noite de sono e comi
ovos no café da manhã,
e agora estou me sentindo
muito melhor.

Você é muito madura. 🐣🐣🐣

Adelaide não era nem um pouco madura. E não tinha sido melhor terminar mesmo. Mas ela não queria deixar a mãe muito ansiosa. Rebecca vivia assim depois que Adelaide foi pro internato. Queria saber se Adelaide estava comendo bem, tomando bastante água, se exercitando regularmente e dormindo o suficiente.

Quando Rebecca entrava nessa espiral de preocupação, o resultado era uma série de telefonemas desesperados por respostas tranquilizantes e vínculos que acabavam com Adelaide gritando com a mãe. Adelaide então havia desenvolvido um plano de mensagens regulares com provas daqueles comportamentos desejados.

"Mas tive uma boa noite de sono e comi ovos no café da manhã, e agora estou me sentindo muito melhor" era o que Rebecca precisava ouvir. E não
"Estou inchada e desidratada de tanto chorar e
de café da manhã eu comi duas barras de chocolate e
sinceramente eu me sinto
detestável

e feia,
burra
e destruída.

Queria poder tomar uma injeção enorme que desligasse meus pensamentos.

Eu deixaria um médico medonho com um laboratório secreto no porão injetar uma

substância fluorescente aleatória no meu ouvido se soubesse que isso iria me impedir de me sentir como estou me sentindo.

Ontem à noite, tentei maratonar programas de culinária e depois

tentei maratonar séries de zumbis e depois

tentei ouvir música alegre e

passar um monte de maquiagem. Tanta maquiagem. E minhas sobrancelhas (maquiadas) ficaram assustadoras e

essa feiura me deixou deprimida.

Fiquei deprimida com minhas próprias sobrancelhas.

Eu teria tentado fumar cigarros se tivesse um maço, e

teria tomado as biritas do meu pai se ele tivesse alguma coisa, mas nada de substâncias entorpecentes, então

desmaiei às três da manhã e quando acordei estava me sentindo ainda pior e

a fronha do meu travesseiro estava manchada de batom."

Não. Ela não poderia dizer aquilo para a mãe.

Adelaide simplesmente mandou a mensagem sobre o café da manhã nutritivo e a boa noite de sono. Acrescentou um emoji de zebra para completar, achando que Rebecca ia gostar. Depois guardou o telefone no bolso.

O Grande Deus Pã estava deitado no chão, soltando gases.

EllaBella continuava perto, encostada na perna de Adelaide. *Acho que você tem petiscos no bolso,* ela disse com doçura.

Lorde Voldemort e Pretzel corriam um atrás do outro, brincando. Coelha rosnava para alguma coisa do outro lado da cerca.

E, de repente, um menino apareceu. Ele já tinha entrado no cachorródromo quando Adelaide o viu, parado debaixo de uma árvore, com um cachorro branco e peludo na coleira.

Adelaide reconheceu o cachorro. Era Docinho. Docinho pertencia a Sunny Kaspian-Lee.

Um instante depois, Adelaide reconheceu o menino também, embora com certeza nunca o tivesse visto na Alabaster. Ele tinha um rosto simpático em forma de triângulo invertido e lábios grossos. Ombros largos, nariz fino, bochechas bem barbeadas, orelhas delicadas. Os cabelos castanho-claros eram ondulados e um pouco bagunçados. Ele era o tipo de pessoa que se vê imortalizada na estatuária romana, a pele em um tom quente de oliva, queixo e pescoço fortes. Vestia uma jaqueta leve de algodão, uma camiseta azul, jeans largos e tênis de camurça verde com listras azuis. As mangas da jaqueta estavam dobradas. Suas mãos pareciam ter um leve resquício da gordurinha infantil.

Ela o conhecia. Tinha certeza disso.

Ele assentiu para ela, se aproximou e desabou no banco. Tinha alguma coisa estranha em uma das pernas. Andava erguendo o lado esquerdo do quadril, e o tecido da calça sobrava em volta daquela perna.

Ela lembrava daquele andar.

O menino soltou a guia da coleira. Docinho saiu correndo para cima de Coelha, e Coelha deu um pulo com um latidinho ansioso.

O menino riu, cobrindo a boca.

— Coitado do cachorrinho — ele disse.

— Ei, eu me lembro de você de algum lugar, não? — ela perguntou.

— De mim? Sei lá.

— Tenho quase certeza que lembro, sim. De Boston. Dois anos atrás. A gente se conheceu em uma festa num terraço quando eu estava no nono ano.

— Uma festa no terraço de quem?

— Sei lá. Um amigo da minha amiga. Estava frio e você me emprestou seu cachecol. Lembra?

O menino fez que não.

— Minha memória é péssima. Desculpe. — Então pegou o celular. — Com licença, preciso fazer uma ligação.

— Ei, eu me lembro de você de algum lugar, não? — Adelaide perguntou.

— De mim? — ele disse. — Sei lá.

— Tenho quase certeza que lembro, sim. De Boston.

— Nunca fui para Boston.

— Ei, eu me lembro de você de algum lugar, não? — Adelaide perguntou.

— De mim? Sei lá.

— Tenho quase certeza que lembro, sim. Tenho quase certeza, na verdade, que você pegou meu número de telefone em uma festa dois anos atrás e

nunca, nunquinha, me mandou mensagem, disso tenho
quase certeza. Tenho
quase certeza que você é daquele tipo terrível de ser humano que diz

Me passa seu número

quando na verdade nem quer saber, e tenho

quase certeza que esse não é o tipo de ser humano com quem preciso conversar de novo,

principalmente agora, que Mikey Dois Ls vai para Porto Rico fazer boas ações

e minha autoestima está
sinceramente
à beira da falência.
— Tudo bem, então — ele disse. — Não preciso puxar conversa.

— Tenho quase certeza que lembro, sim. De Boston. Dois anos atrás. A gente se conheceu em uma festa num terraço.

— Sério?

— Você estava escrevendo em um caderno. Começamos a conversar.

— O que eu estava escrevendo?

Adelaide ficou vermelha. Ela
queria dizer, e ao mesmo tempo,
não queria dizer.

— Conversamos sobre dinossauros, acho, e em quais gostaríamos de nos transformar.

— Velocirraptor, com certeza — afirmou o menino.

— Foi o que você disse, mas está cem por cento errado. Pterodáctilo.

— Ah você tem razão. Pterodáctilo é melhor. Voar é sempre melhor.

— Antes eu tinha medo de plesiossauros — ela disse. — Sabe quais são os plesiossauros? Parecem tartarugas gigantes peladas, com pescoço de monstro marinho.

Ele riu.

— Na festa você me emprestou seu cachecol — continuou Adelaide. — Um preto e vermelho. Disse que eu poderia usar, mas que tinha que devolver porque nem era seu, era do seu primo.

— Eu estava usando uma jaqueta de couro horrível? Uma jaqueta bem exagerada?

— Estava.

— Então era eu mesmo — ele disse. — Mas não consigo lembrar.

— Minha carona estava indo embora e eu te devolvi o cachecol. Você arrancou uma página do caderno e me deu. Tinha escrito um poema para mim:

Vestido celeste e
olhos imensos, como um leão.
Uma onda feroz de cabelos rebeldes.
Ela contém
contradições.

— Eu escrevi um poema para você?

— Escreveu.

Adelaide ficou triste por ele não lembrar. Talvez escrevesse poemas para várias meninas. Ou talvez apenas não conseguisse se lembrar de uma festa de dois anos e meio antes, quando ambos tinham só catorze anos.

— Penso em poemas, às vezes — ela disse a ele. — Muitas vezes, na verdade. Mas quase nunca anoto.

— Ainda tem o que escrevi para você? — ele perguntou.

Estava na carteira dela.

— Acho que guardei em algum lugar — ela respondeu.

Adelaide tinha perguntado se alguém conhecia um menino com a descrição dele, um menino que andava mancando, um poeta, um menino com pulsos delicados, pele dourada e unhas roídas. Tinha procurado por ele de novo e outra vez, sentada em cafés, na fila para comprar um burrito. Em festas ou restaurantes de lámen, ela procurava sua boca doce e carnuda. Estava se apegando à possibilidade de algo bom acontecer.

Para Adelaide, o menino era uma promessa. Ele prometia a ela que

felicidade ainda podia existir,

ainda podia ser dela.

E aquela promessa pareceu ainda mais importante quando as coisas ruins começaram a acontecer com Toby.

Então a família Buchwald saiu de Boston. Se mudou para Baltimore para o tratamento de Toby. Adelaide havia aceitado que nunca mais veria o menino de jaqueta de couro.

Agora, lá estava ele.

Ele pegou uma bola de tênis na areia.

— Doce! Vem aqui, garoto.

— É uma menina — Adelaide disse.

— Vem aqui, garota.

Docinho o ignorou.

— Ela não brinca de bolinha — Adelaide disse a ele. — Conheço essa cachorra.

O menino riu.

— Tudo bem. Não vou jogar, se ela não gosta. — Ele sentou.

— Você machucou a perna? — Adelaide perguntou.

— Não. — Ele não disse nada por um instante. Depois respondeu. — Na verdade, um plesiossauro me mordeu. Não queria falar, porque você parece ter certa fobia.

— Rá! — Ela mordeu o lábio. — Foi grosseria minha ter perguntado?

— Um pouco. — Ele suspirou. — Eu nasci assim. É uma anomalia esquelética dos membros.

— Desculpe. Perguntei sem pensar.

— Não é direito seu saber, só isso. É uma informação pessoal. Entende?

— Tudo bem.

— Tudo bem.

— Quer me perguntar alguma coisa invasiva agora? — ela disse. — Pode perguntar. Sinto que te devo uma.

— Não, obrigado.

— Pergunte.

— Não precisa.

— Vai lá.

— Tá bom. Hum, além de plesiossauros, do que você tem mais medo? Tipo, o que realmente te aterroriza?

— Meu irmão — Adelaide retrucou antes de ter tempo de bolar uma resposta divertida.

Ele pegou uma bola de tênis que estava na areia.

— Doce! Vem aqui, garoto.

— É uma menina — Adelaide disse.

— Vem aqui, garota.

Docinho o ignorou.

— Ela não brinca de bolinha — Adelaide disse a ele. — Conheço essa cachorra.

O menino riu.

— Tudo bem. Não vou jogar, se ela não gosta. — Ele sentou ao lado dela. — Só estou com ela este fim de semana, enquanto a dona está viajando. Todos aqueles são seus?

Ele estava falando de EllaBella, Coelha e os outros.

— Eu só passeio com eles.

Ele se abaixou para fazer carinho em EllaBella deitada aos pés de Adelaide.

— Essa é minha preferida — ele disse. — Ela tem uma barba ótima.

EllaBella era uma vira-lata preta e peluda de quase quinze anos.

— Ela é minha preferida também — Adelaide sussurrou. — Mas não conta pros outros.

EllaBella era de Derrick Byrd, um professor de história solteiro. Ele tinha começado a trabalhar na Alabaster no ano anterior. Ainda tinha caixas para esvaziar em casa, que ficava a duas portas da casa do pai dela.

— Eu nunca conto segredos — afirmou o menino. Ela gostava de como a boca dele se mexia quando falava. Tinha tinta azul debaixo das unhas dele.

— O que você pintou? — ela perguntou.

— Tenho acesso ao estúdio de arte durante o verão. Estou pintando formas abstratas. Acho que podem ser chamadas assim. Coisas que parecem com outras coisas mas não são.

— Tipo o quê?

— Essa que estou fazendo... Não vai rir.

— Não vou.

— Bem, pode rir. É meio que um hipopótamo e meio que um carro. E também é meio que uma igreja. O significado é o que o espectador enxergar nele.

— Hum.

— Não estou conseguindo o efeito que quero — ele disse. — Muitos parecem bolhas, não igrejas-hipopótamos, ou seja lá o que for. É só o início de uma ideia.

— Em que ano você está?

— Estou indo para o último.

— Nunca te vi. No campus.

Ele contou que tinha acabado de ser transferido.

— Minha mãe faleceu faz seis meses.

Tinha leucemia. Ele e o pai haviam se mudado da Espanha para lá. O pai dele já tinha sido professor na Alabaster e agora ia chefiar o departamento de línguas modernas.

— Sinto muito — Adelaide disse. — Pela sua mãe.

— É, bem... Obrigado. — Lorde Voldemort chegou e abanou o rabinho curto. — Por que você passeia com tantos cachorros?

— Os professores viajam no verão. Meu pai é professor de inglês, mas neste verão está trabalhando no setor de admissões para ganhar um dinheiro extra. Tive a ideia de pegar os cachorros das pessoas e levar para passear, de manhã e de noite. Eu também dou comida pra eles.

— Vou fazer Doce pegar a bolinha — ele disse. — Fica olhando.

Ele correu atrás de Docinho, mostrando a bolinha de tênis a ela.

— Você sabe que quer brincar com essa bolinha. Olha só, tão amarelinha. Coberta com uma incrível baba de cachorro. Olha, olha!

Docinho o ignorou. Por fim, Pretzel saltou e pegou a bola de tênis da mão do menino, então foi brincar com ela em um canto.

Adelaide sorriu pela primeira vez desde que Mikey tinha terminado com ela.

— Qual o nome deles? — o menino perguntou.

— A preta grandona é a EllaBella. O peludinho que pegou a bola de tênis é o Pretzel. A pit bull é a Coelha.

— Pit bulls não são maus?

— Eles têm uma mordida forte, mas não. Se forem bem tratados, são muito bonzinhos.

— Espera, esse aqui não é um pit bull também? — Ele apontou.

— Que nada. O Grande Deus Pã é um buldogue francês.

— E aquele lá?

— Lorde Voldemort é um bull terrier.

Ele deu de ombros.

— Variações do mesmo tema. Basicamente a mesma coisa.

— Você disse uma coisa parecida quando nos conhecemos na festa no terraço.

Ele balançou a cabeça, sem lembrar.

— Você disse — Adelaide explicou — que todas as festas em terraços eram variações do mesmo tema. Disse que as festas eram ecos umas das outras. Noites quentes de verão, bebidas em bacias de plástico e pessoas de shorts. As mesmas músicas tocando.

Lembre de mim, ela desejou.

Lembre da festa. E do poema.

Lembre do que você disse. Depois lembre do que eu disse.

— Aquele cachorro está tentando pular a cerca — o menino anunciou.

Adelaide olhou.

Coelha, a pit bull, estava abaixada, balançando o rabo e, como um gato, prestes a saltar.

— Ela não consegue passar por cima — Adelaide disse.

— Ela vai tentar. Olha.

E Coelha saltou.

Coelha era robusta e cinza-escuro, com peito e patas brancos. Sua boca era aquela boca larga de pit bull que parece um sorriso, e as pernas eram curtas e atarracadas. O pescoço era tão largo que mal podia ser chamado de pescoço.

Ela pulou a cerca.

Em uma fração de segundo, foi seguida por Docinho. Aquilo desafiava as leis da física.

Adelaide saiu correndo até lá e passou por cima da cerca. O menino saiu pelo portão, segurando a guia.

— Doce! Vem aqui, Doce! — ele chamou.

Docinho e Coelha estavam rolando na grama, correndo em círculos feito loucas.

— Ela atende por Docinho — Adelaide disse, parando para descansar. — Não Doce. Nem vai saber que Doce é o nome dela.

— Por que Kaspian-Lee não me disse isso? — o menino resmungou.

Sunny Kaspian-Lee era professora de Adelaide. Ela dava aula de cenografia e direção de arte, uma aula sobre figurino, objetos cênicos e iluminação. Adelaide tinha cursado as duas disciplinas.

Quando elas se encontravam pelo campus, Kaspian-Lee sempre dizia: "Olá, Adelaide Buchwald", e Adelaide sempre respondia: "Olá, srta. Kaspian-Lee". A professora usava roupas esculturais e uma franja curta no meio da testa. No frio, se enrolava em um sobretudo vinho, colocava um gorro preto e ficava caminhando com Docinho perto do Centro de Artes. Com frequência, carregava sacolas grandes e pesadas cheias de quadros, longas varetas de madeira e, uma vez, penas. Ela as segurava junto ao peito com os dois braços, com a guia de Docinho presa no pulso.

Agora, enquanto as cachorras corriam e pulavam uma por cima da outra, Adelaide perseguia Coelha. O menino se jogou na grama para tentar segurar Docinho. Não conseguiu; ela passou correndo por ele.

— Ela vai me matar se eu perder essa cachorra — ele disse, tentando levantar.

Adelaide tirou um biscoito para cães do bolso da jaqueta e assobiou.

Docinho e Coelha correram até ela.

— Senta — Adelaide ordenou.

Docinho sentou. Coelha, não.

Adelaide pegou um segundo biscoito e o segurou no alto.

— Tem um para cada uma. Senta.

O menino prendeu a guia em Docinho, se abaixou e segurou Coelha pela coleira.

Adelaide deu um biscoito para cada cachorra. Elas pegaram os petiscos com cautela para não machucar Adelaide com os dentes.

— Gostei de ver que você tem biscoitos para cachorro no bolso — disse o menino. — Só um tipo específico de pessoa está sempre preparada com um petisco.

Adelaide *era* do tipo que tinha biscoitos no bolso, e chiclete na mochila, e protetor labial, e creme para as mãos com cheiro de damasco. Naquela manhã, havia tomado café com três cubinhos de açúcar em uma garrafa térmica.

— Eu ando com *muitos* petiscos — Adelaide disse a ele quando voltaram ao cachorródromo. Tirou da mochila torradas mornas, enroladas em papel-alumínio. — Quer uma?

— O que é isso?

Ele se aproximou para cheirar.

— Torrada de pão de centeio. Com manteiga.

— Nunca comi pão de centeio.

— É bom. Bem, não é bacon. Mas só bacon é bacon.

Ela entregou uma torrada para ele, que comeu devagar.

— Meu nome é Adelaide, aliás.

— Jack.

Ela já sabia o nome dele. Da festa.

— Por que está passeando com Docinho? — ela perguntou.

— Kaspian-Lee tirou o fim de semana para viajar com o

sr. Schlegel. Ela me pediu para passear com a cachorra. Sabia que eles são *amantes?* — Ele enfatizou a palavra.

— Eu sabia que eles estavam juntos. Já foram jantar na casa do meu pai.

— Ela usou essa palavra. *Amantes*.

— Eca.

Eles ficaram em silêncio por um instante. Jack levantou. Seu humor parecia ter mudado. Ele não olhou nos olhos dela.

— Obrigado por ter me salvado com biscoitos caninos — ele disse.

— Posso te mandar uma mensagem qualquer dia desses? — Adelaide perguntou.

Ele fez que não.

— Eu até diria que sim, mas estou superocupado durante o verão. A gente se vê por aí, Adelaide. Foi legal falar com você.

Adelaide desistiu de Coelha e foi para cima de Docinho, rolando na grama enquanto a cachorra agitava as patas. Ela apertou Docinho junto ao peito.

Estamos lutando?, Docinho perguntou, deixando de imediato a teimosia de lado e passando a lambê-la.

— Ai, ela está me babando — Adelaide reclamou.

O menino chegou perto e se abaixou para prender a guia, mas Coelha tinha dado a volta, e Docinho foi para cima dela, puxando-o ao saltar. Ele segurou a cachorra, mas caiu no chão ao lado de Adelaide.

Levantando, ela conseguiu agarrar a coleira de Coelha quando a cachorra passou correndo.

— Essas cachorras são malcriadas — ela disse. — Vocês são cachorras malcriadas, sabiam?

Elas não sabiam. Elas se amavam.

Adelaide segurou firme a coleira de Coelha, tirou a guia do bolso e prendeu. Coelha resmungou, mas Adelaide ignorou e deitou na grama para recuperar o fôlego.

Jack deitou também. Sua camisa subiu, e Adelaide viu uma cicatriz grossa e enrugada na lateral de sua barriga. A pele parecia extremamente macia e vulnerável ao lado do ferimento.

— Bem, isso foi emocionante — ele comentou. — Você foi bem rápida, hein.

— É, bem... Sou uma passeadora de cães profissional.

Ele riu e levantou, escondendo a cicatriz.

Estendeu a mão para ela, que aceitou, e a puxou para cima. Sua mão estava quente e ela queria tocá-lo mais, queria passar os dedos por seus braços.

Mas ele a soltou.

— Obrigado por ter capturado a Docinho — ele disse. — É melhor eu voltar para casa antes que algo pior aconteça.

Foi tão divertido, disse Docinho. *Coelha é minha melhor amiga.*

— Você vai estar por aqui amanhã, então? — Adelaide perguntou.

— Talvez.

— Estou por aqui o verão todo — Adelaide afirmou.

Ele sorriu. Ela passou o número de telefone para ele, que mandou uma mensagem: "Olá".

Depois desapareceu pelo caminho.

Em um instante, ele voltou com Docinho relutante debaixo do braço.

— Adelaide do vestido celeste — ele disse. — Agora eu lembrei.

*Vestido celeste e
olhos imensos, como um leão.
Uma onda feroz de cabelos rebeldes.*

E, com aquela declamação, Adelaide Buchwald deu a Jack Cavallero seu coração.

Impulsivamente,

gloriosamente,

abertamente,

ela o entregou a ele, se apaixonando por alguém que não conhecia, se admirando com a curva de sua bochecha, as ondas de seus cabelos, o caimento da camisa nos ombros.

Ele a fazia rir. Ousava escrever poemas. Arriscava parecer bobo para criar algo belo ou estranho.

Ela queria saber a história da cicatriz em sua barriga. Como ele tinha se machucado daquele jeito? Já estava completamente curado?

Dava para ver, só de olhar, que ele tinha ficado

vulnerável.

Que tinha

vivido.

Sobrevivido.

Ela queria ver todas as suas cicatrizes, vê-lo por inteiro, e se sentia

repentinamente,

intensamente,

certa

de que ele era uma pessoa para quem poderia mostrar sem temores suas cicatrizes também.

Ela pensou: *Talvez a gente se conheça desde sempre. Talvez nossos corações tenham dado um jeito de se encontrar,*

tipo, duzentos anos atrás em um baile de debutante, ele de sobrecasaca e eu, sei lá, com algum vestido elegante e elaborado.
Ou talvez nosso encontro tenha sido em outro
mundo possível. Ou seja,
em uma das inúmeras outras versões deste universo, os
mundos que correm em paralelo a este,
nós já estejamos
apaixonados.

2

A ESTRANHA GRANDIOSIDADE DA MENTE HUMANA

A Escola Preparatória Alabaster é um internato. É o tipo de lugar que oferece matérias como religiões orientais, teorias da cultura popular e teoria microeconômica. Os alunos jogam lacrosse e praticam remo. Moram em dormitórios pitorescos que cheiram a madeira e não têm elevadores. Tem uma capela com grandes janelas de vitral. A maior parte dos prédios é de pedra cinzenta. De um lado, o campus é margeado por um bosque e, do outro, por uma cidadezinha.

O lugar é cheio de jovens relativamente inteligentes, em geral endinheirados, em sua maioria protestantes e brancos. Assim sendo, a história e tendências da instituição são dignas de certo questionamento, o que não será feito a fundo aqui, mas que já foi feito em outro lugar, pode ter certeza.

Nos últimos anos, o corpo estudantil se tornou mais politicamente ativo e mais diverso. Cartazes de protesto decoravam os corredores dos dormitórios, contra supressão de votos, a favor de leis de controle de armas de fogo e banheiros sem gênero. O refeitório tinha um bufê de saladas bem completo e opções sem glúten. Havia inúmeros coletivos de estudantes.

Mesmo assim, o lugar cheirava à aristocracia americana. E a um século de dominância masculina.

Por ser uma menina branca, judia, de classe média, filha de professor e vinda de escola pública, Adelaide tinha consciência de que ao mesmo tempo se encaixava e não se encaixava naquele ambiente.

Levi Buchwald, pai de Adelaide, tinha amado ser professor de escola pública. Era apaixonado por métodos pedagógicos e apresentava suas ideias em congressos. Mas, quando a família se mudou para Baltimore para o tratamento de Toby, ele precisou encontrar um emprego rápido. Estavam no meio do ano letivo. Ninguém estava contratando. E mesmo as ofertas de vagas para o início do próximo ano eram poucas. Por fim, ele se candidatou para a Alabaster, onde um antigo colega era chefe do departamento de inglês.

Conseguiu o emprego, que pagava um salário confortável, mais do que ele ganhava antes, o que era necessário, já que Rebecca estava concentrada em cuidar de Toby. Os filhos de Levi podiam estudar na Alabaster com um belo desconto na mensalidade, então ele e Adelaide haviam se mudado para lá no fim de agosto, deixando Toby e Rebecca em Baltimore.

Adelaide ficava nos dormitórios durante as aulas, mas agora, nas férias, estava na casa de dois quartos de Levi, dormindo no escritório do pai.

A experiência de Adelaide na Alabaster vinha sendo satisfatória. Boa, em inúmeros aspectos, mas desastrosa em um. Ela ficava maravilhada com o verde viçoso dos gramados, as construções de pedra, os caminhos de paralelepípedo. Os alunos da Alabaster eram atléticos e artísticos e frequentemente desencanados com as tarefas de casa de uma forma que ela achava adorável. Esqueciam os fichários ou perdiam os livros. Carregavam tudo de um prédio para o outro em mochilas enormes, sem nunca pensar em usar os armários para os quais supostamente tinham a senha. Suas roupas pareciam estar na última moda quando esfarrapadas. As meninas usavam jeans antigos, botas surradas e camisetas que pareciam de terceira mão, com golas esgarçadas.

    A parte desastrosa era que, devido à situação terrível pela qual Toby estava passando, Adelaide sonhava com ele à noite, tinha pesadelos com suas

    meias brancas infantis, sua

    escova de dentes verde-limão, sua

    boca azulada e sua

    respiração chiada,

    sonhos em que o único ruído era aquela

    respiração triste e frágil de Toby, chiando cada vez mais alto. Adelaide acordava suando.

    E, por dormir tão mal, e também pela

    enorme distração

    de ter se apaixonado profunda e perdidamente por Mikey Dois Ls,

    Adelaide não fazia os trabalhos da escola.

A Alabaster era um bocado mais puxada que as outras escolas em que ela havia estudado. Ela entregava trabalhos que seriam considerados potentes em Baltimore, mas que eram devolvidos como inaceitáveis. Nos laboratórios de ciências ela ia bem e tinha alcançado a turma em matemática, mas nada no mundo a fazia reescrever trabalhos. Não entendia muito bem o que havia de errado com eles, e retomá-los significava reviver a humilhação de ter ido mal. Além disso, Mikey Dois Ls estava sempre rondando, com mensagens dizendo "Você vem ver minha luta de esgrima? 15h", ou "Vamos comer pizza fora do campus", ou "Vou estar sozinho no quarto na próxima hora e eu queria tanto que você estivesse aqui por favor por favor por favor vem me ver por favor te amo Mikey".

Mikey tinha facilidade com os estudos, e Adelaide não queria contar a ele que havia ido mal em vários trabalhos. E sua colega de quarto e melhor amiga, Stacey S., se esforçava demais. Adelaide não queria contar a ela que estava enrolando. Stacey às vezes era muito crítica.

No fim, Adelaide havia sido advertida de que, se não melhorasse suas notas no semestre seguinte, seria basicamente expulsa.

Mas, no semestre seguinte, a situação de Toby ficou ainda pior. O sono de Adelaide piorou também, e seu relacionamento com Mikey ficou mais intenso do que nunca.

Embora Levi tivesse sentado com ela para ajudar com os trabalhos de inglês, ela tirou nota baixa em ciência política por entregar os trabalhos pela metade, ou nem entregar. Foi reprovada por muito na aula de cenografia. Simplesmente não fez o projeto final, que era construir uma maquete.

Todos os dias dizia a si mesma que começaria a trabalhar no projeto.

Todos os dias se sentia sobrecarregada. Ou

envergonhada. Ou

se deixava distrair por Mikey, por

um diorama de Lego que ela estava montando, ou por

Stacey S., que tinha complicações amorosas e questões sobre moda.

Para piorar, a maquete de cenário deveria ser feita no estúdio, onde ficavam todos os materiais, durante a aula de Kaspian-Lee. Quando Adelaide entrava lá, via as pessoas dando os toques

finais em seus projetos, enquanto ela nem havia começado. E quando o
   constrangimento tomava conta, ela reagia sendo
efusiva. Havia, por exemplo, tido uma longa conversa com Aldrich Nguyen, o colega de quarto de Mikey, um esgrimista espinhento cuja maquete estava bamba e, sinceramente, meia-boca, mas quase terminada. Ela distraiu Aldrich por vinte minutos, convencendo-o a ir até as máquinas de petiscos e bebidas com ela, fazendo piadas, usando a máquina de cópias para tirar fotos de seu rosto e sugerindo que ele usasse as cópias como papel de parede para seu projeto.

Mas, quando ela sentou para tentar trabalhar, o constrangimento voltou, preenchendo a sala como fumaça, e o impulso de Adelaide foi fugir. Ela foi ver Mikey, que a fazia se sentir bonita e inteligente.

Adelaide sabia que estava desperdiçando aquela educação sofisticada, pelo menos em parte, e sabia que estava estragando as notas de que necessitava para entrar na faculdade, mas não sabia como se obrigar a agir de outra forma. A força da distração, e da distração por Mikey, em particular, era irresistível.

Sua parte preferida de estudar na Alabaster era a Fábrica — o Centro de Arte Contemporânea. A Fábrica, tecnicamente, ficava na cidade depois de Alabaster, a uns vinte minutos de bicicleta. Os alunos podiam sair do campus e visitar o museu de graça. As turmas de história da arte e de desenho estavam sempre por lá.

O museu ficava nas instalações de uma antiga fábrica de papel e só exibia arte produzida por artistas vivos. A maior parte era extremamente estranha. A entrada era por um imponente portão de ferro e, lá dentro, havia um conjunto de gigantescos prédios de tijolinho. O terreno era quase todo cimentado, com esculturas espalhadas.

Adelaide amava os grandes espaços artificiais da Fábrica. Eles provocavam algo nela. Quando estava naquelas salas, seu mundo
    se expandia. Para além
    da doença de Toby e
    da doçura de Mikey, para além
    de suas aulas e sua família.

Ela sentia uma exaltação. Era isso. Seres humanos eram capazes de
    criar beleza e estranheza muito além do que a natureza oferecia. Suas mentes podiam ser
    estranhas e grandiosas. Elas podiam conceber
    mais do que estava diante delas,
    mais do que fatos aprendidos.

Por exemplo: uma exposição de dioramas, cada um do tamanho de um sofá. Cada caixa de vidro continha um trailer prateado. Sob os trailers, havia um corte transversal do solo.

Olhando atentamente, no solo, dava para ver uma toca de coelho e as raízes das árvores.

Havia minhocas na terra.

Em um diorama, a terra escondia um esqueleto de dinossauro.

Em outro, um cadáver.

O nome da artista era Teagan Rabinowitz.

Adelaide saiu daquela exposição com uma sensação diferente ao pisar no chão.

Outro exemplo: uma sala de esqueletos. Os ossos eram brancos e estavam dispostos como peças de exposição de um museu de história natural. Mas eram esqueletos de monstros. Havia um minotauro. Um grifo. Dois dragões. Um cachorro de três cabeças.

Ao lado de cada um havia um cartão. O que estava perto do grifo dizia: "Descoberto em um poço de piche nos arredores de San Diego, Califórnia, em 1952, por Gerald Booker e sua equipe arqueológica. Data de morte estimada: 1451. Note a asa esquerda incompleta".

A instalação era atribuída à Associação de Escavação e Preservação de Maravilhas Biológicas.

A exposição deixou Adelaide empolgada. *Talvez coisas assim sejam reais.*

Não há nenhuma prova de que não sejam.

3

UMA FESTA FILOSÓFICA

Assim que Jack foi embora do cachorródromo, Adelaide foi para casa e tomou um banho. Fez compras no mercado com o carro do pai. Depois de guardar tudo na geladeira, preparou dois sanduíches com torradas e geleia de morango. Bebeu uma lata de água com gás.

Então procurou Jack. Pegou EllaBella na casa de Byrd e saiu para passear com a cachorra idosa, esperando encontrar com ele. O campus da Alabaster estava praticamente vazio. A cidade era bem pequena. Talvez ela sentisse a presença de Jack dentro de um prédio, atraindo-a em sua direção. Ou talvez ele estivesse procurando por ela.

Então ela lembrou que ele tinha acesso ao estúdio de arte. Amarrou EllaBella em frente ao Bloco Blitzer e subiu.

O estúdio ficava no último andar. Tinha teto inclinado e cheirava a tinta e terebintina. Por ser verão, a maior parte dos cavaletes estava encostada nas paredes. As mesas estavam cobertas com lonas. Adelaide encontrou Jack sentado ali, meio iluminado pela luz do sol que entrava pela janela.

— E aí — Jack disse, mas não era uma pergunta.

— Ah, oi. Eu só... preciso de um pouco de tinta. Para meu projeto de cenografia.

— Tá no armário.

— Desculpe interromper.

— Tudo bem. O armário fica ali.

Adelaide pegou um pote de tinta branca e um de tinta preta, embora não precisasse de nenhum dos dois. Queria falar com ele, ser espirituosa, chamá-lo para ir para algum lugar com ela, fazê-lo flertar com ela de novo. De alguma forma, seu charme não estava ativado. Ela nem sempre conseguia acessá-lo.

— A gente se vê por aí — ela disse. De forma estúpida e ineficaz.

— Tchau, então — Jack respondeu.

Adelaide encontrou Jack sentado ali, meio iluminado pela luz do sol que entrava pelas janelas.

— E aí — Jack disse, mas não era uma pergunta.

— Vim ver se você estava aqui — ela disse. — Achei que talvez quisesse sair para almoçar.

Ela já tinha comido dois sanduíches de geleia, mas não importava.

— Não posso. Desculpe. Estou ocupado.

— Está?

— Aham. — Ele não estava olhando para ela. Ainda estava pintando, inclinado para a frente para ver exatamente onde o pincel tocava a tela.

— Você poderia pelo menos olhar para mim — ela disse,

sentindo uma onda de raiva que tinha mais a ver com Mikey do que com Jack. — Poderia pelo menos me ver, aqui, falando com você.

Ele olhou para ela.

— Eu conheci você hoje de manhã — ele disse. — Não te devo nada. Nem lembro seu nome.

— Vim ver se você estava aqui — ela disse. — Achei que talvez quisesse sair para almoçar.

Ela não estava com fome, mas não importava.

— Pode ser uma boa.

Não foi um sim *entusiasmado*. Adelaide ficou parada na porta, sem saber ao certo se era bem-vinda.

— Tem uma lanchonete que faz sanduíche de bacon e ovo — ela falou. — Eles enrolam com papel-alumínio.

Jack levantou do banquinho e se aproximou. Sua mochila estava em uma mesa perto da porta.

— Ah, se enrolam com papel-alumínio, com certeza estou dentro.

— Ou podemos ir ao refeitório — ela disse.

— Não, não. Papel-alumínio, sem dúvida.

Ela parou em frente ao estúdio de arte, olhando pelo postigo na porta.

Jack estava lá, meio iluminado por um feixe de luz do sol que entrava pela janela, pintando. Adelaide se encheu de anseios —

por tocá-lo, por cuidar dele, por conhecer seus segredos. Seus profundos olhos castanhos com cílios densos e sedosos — ela queria que olhassem para ela e não para a pintura. Demonstravam uma complexidade que despertava sua curiosidade a respeito dele como nunca tinha acontecido com Mikey. Mikey nunca pareceu ter segredos, ou dor; ele não era um artista.

Bem, era fotógrafo, mas não criava coisas do zero, do interior de sua mente misteriosa. Como Jack. Como Jack estava fazendo naquele exato momento.

A concentração dele era tão completa, tão bonita, que ela não poderia interromper. Além disso, ela ficou tímida.

Em vez de falar com ele, desceu e foi passear com EllaBella perto do lago. Era bom ter a cachorra como companhia.

Dois dias depois que Adelaide conheceu Jack, filósofos começaram a aparecer no campus. Havia cartazes afixados em quadros de avisos nos corredores de quase todos os prédios. Neles, lia-se: "Bem-vindo à Falta de Lógica do Multiverso, um intensivo de filosofia".

A Alabaster não tinha programas de verão. A escola alugava suas dependências para grupos. Alguns universitários estavam vindo para um programa de verão de seis semanas sobre, pelo que parecia, o multiverso. Os folhetos anunciavam a localização do curso, agenda de encontros, séries de filmes e mesas-redondas.

Os filósofos carregavam bolsas de viagem e cafeteiras. Estavam apenas entre os dezenove ou vinte anos, mas todos tinham o olhar sério de pessoas que escolheram passar as férias da faculdade estudando mais. Alguns docentes chegaram também, tipos professorais com malas de adulto, pretas com rodinhas, suando pelo calor enquanto arrastavam a bagagem escadas acima.

Adelaide estava comprando uma Coca Diet na máquina quando uma filósofa parou para fazer perguntas. Era uma jovem esbelta, de uns vinte anos, pele ligeiramente escura e cabelo preto cheio que parecia ter sido alisado. Ela estava toda vestida de preto — uma jaqueta masculina, jeans pretos, camiseta preta — com tênis de corrida bem coloridos. Perguntou como chegar no ginásio do campus e depois na agência dos correios.

As duas começaram a conversar. O nome dela era Perla Izad. Estudava na Universidade de Washington em St. Louis e cursava filosofia da mente:

— Percepção. Função mental. Consciência. Esse tipo de coisa.

Tinha fascite plantar. Não tinha namorado. Bem, não mais. O ginásio tinha piscina? Tinha algum bar por perto?

Sim. E Adelaide não sabia.

Como era a comida do refeitório?

Tinha molho *ranch* ilimitado.

Em que faculdade Adelaide queria estudar?

Hum. Era um assunto delicado.

Ela tinha interesse em filosofia?

Talvez. Adelaide não sabia.

Perla explicou o multiverso dessa forma:

— Está um dia bonito, né?

— É.

— E podemos concordar que a seguinte afirmação é verdadeira: *não está chovendo*. Correto?

— Correto.

— Bem. Essa afirmação indica que, às vezes, em nosso mundo, chove. Certo?

— Ahã.

— E também podemos afirmar corretamente: *não está chovendo gelatina de pêssego hoje*.

— Sim.

— Certo, então o que fica implícito é que *poderia ter chovido gelatina de pêssego*, não é? E mesmo sendo óbvio que não tem como chover gelatina no *nosso* mundo, o fato de *podermos dizer isso* implica a existência de universos paralelos onde *chove* gelatina de pêssego, outros mundos possíveis — disse Perla. — Tem que haver outro mundo possível para cada modo que nosso mundo poderia ser mas não é. Nosso simpósio é sobre isso. É ideia de um cara chamado David Lewis. É controversa. Mas não importa. Tudo em filosofia é controverso.

Depois ela perguntou se havia sauna no campus. E se tinha ar-condicionado na biblioteca. E se Adelaide queria ir a uma festa. Porque Perla ia a uma festa à noite.

— Que tipo de festa?

— Uma festa de filosofia. Para abrir o intensivo. — A festa era na casa de Martin Schlegel, um professor de estudos clássicos da Alabaster. Alguém que conhecia o bufê havia prometido a Perla um "prato de queijos de inigualável beleza". — Estou nervosa — ela comentou. — Com essa festa. Meu cabelo está bom? Detesto umidade.

— Seu cabelo está espetacular.

— Não é o tipo de festa em que relaxo e posso agir naturalmente. É o tipo de festa em que tenho que controlar meu consumo de álcool e tento falar com os professores.

— Isso nem parece uma festa.

— A comida vai ser boa. Você deveria ir — Perla disse. — Seria legal ter alguém conhecido por lá.

Adelaide aceitou o convite. Ela não tinha nada para fazer e queria parar de pensar em Mikey Dois Ls.

Além disso, estava lisonjeada por ter sido notada por uma universitária de verdade. Mesmo que fosse uma tão desesperada quanto Perla.

Elas se encontraram à noite em frente ao Bloco Wren, antigo dormitório de Adelaide. Perla estava com um mapa do campus em papel e carregava uma jaqueta que era quente demais para o calor da noite.

Elas passaram pela capela, por uma avenida de árvores e por uma passagem de tijolos que marcava o limite do campus. Duas quadras depois, chegaram à casa do sr. Schlegel. Adelaide nunca tivera aula com ele, pois era professor de grego, mas seu pai tinha ficado amigo dele. Talvez não amigo de verdade, mas ela sabia que Levi havia convidado Schlegel e Kaspian-Lee para jantar em sua casa.

O térreo da casa estava lotado. Havia gente na varanda, sentada no anteparo e no balanço, se apoiando nas grades e gesticulando sem parar. Falavam baixo e com profundidade, sem os gritos e as gargalhadas que Adelaide considerava ruído de festas.

Docinho estava amarrada a um poste. Dormindo no gramado, de barriga para cima.

— Conheço aquela cachorra — Adelaide disse a Perla.

Ela se abaixou e acariciou a barriga cor-de-rosa de Docinho. A cachorra levantou um pouco a cabeça. *Ah, é você*, disse Docinho. *É, achei mesmo que estaria nesta festa.*

Elas entraram. Perla logo desapareceu no meio da multidão. Adelaide foi interceptada no saguão por Sunny Kaspian-Lee.

A professora estava com um traje largo, azul-marinho, que era mais triângulo do que vestido, meias brancas curtas e sapatos Oxford masculinos. Os cabelos pretos estavam cortados retos na altura do queixo. Ela tinha linhas de expressão na testa e era vários centímetros mais baixa que Adelaide.

— Adelaide Buchwald, você sabe que está me devendo uma maquete. — Ela segurou o braço de Adelaide e falou em tom bem sério.

Argh. É claro que Adelaide sabia. Ela tinha tirado nota baixa em ciência política e reprovado em cenografia.

— Venha comigo agora mesmo — disse Kaspian-Lee. — Vamos conversar.

Adelaide já havia tido reuniões com os professores e, em ciência política, não restava nada a fazer. Teve que aceitar a nota. Mas Kaspian-Lee havia prorrogado o prazo para ela entregar o trabalho, já que ela tinha tirado dez em direção de arte. E, se Adelaide tirasse no mínimo oito no projeto final de cenografia, não seria expulsa da Alabaster.

Seus pais estavam estranhamente calmos em relação a suas notas. O pai perguntou, com a gentileza de sempre: "Quer voltar a morar com sua mãe e Toby? Talvez essa seja sua forma de me dizer que não quer ficar na Alabaster".

Mas Adelaide *queria* ficar na Alabaster. Mikey estava ali. E ela amava a liberdade de morar nos dormitórios. Além disso, não queria ir para Baltimore. Era muito intenso e sufocante.

Seu pai disse com calma: "Você sabe que a Alabaster não é gratuita, certo? Temos um desconto na mensalidade, que sai direto do meu salário".

Adelaide sabia. Ela estava envergonhada. Mas Levi não gritou nem disse que estava decepcionado. Só perguntou se ela achava que conseguiria concluir os trabalhos necessários nas férias.

Ela respondeu que sim.

A tarefa era idealizar um cenário para *Loucos para amar*, de Sam Shepard, depois construir uma maquete do cenário e por último fazer uma apresentação oral para a professora, que a avaliaria o projeto completo. Ou seja, Kaspian-Lee perguntaria a Adelaide o porquê de cada coisa que havia feito, e Adelaide teria que ser capaz de explicar. Poderia usar o estúdio em que tinha aula durante o verão.

Agora, Kaspian-Lee acompanhava Adelaide pela festa até a cozinha, onde as bancadas estavam cobertas de garrafas de vinho. Ela encheu seu copo plástico vermelho.

— Você leu a peça?

— É claro que li.

Adelaide só tinha lido as primeiras cinco páginas. Ela sabia que se passava em um quarto de hotel barato.

— Você precisa pegar firme — disse Kaspian-Lee. — Digo isso com respeito. Por que reprovaria em minha disciplina? Você é uma aluna muito capaz.

— Obrigada.

— Você mede direitinho. Quase ninguém mede direito. E seu trabalho com cola é limpo. Estou dizendo isso para te encorajar. Você só tem que parar de embromar e se forçar a fazer esse projeto.

— Eu sei. Sinto muito.

— Esta casa é do meu amante — disse Kaspian-Lee, abrindo o freezer. — Eu posso ficar à vontade. Não estou sendo mal-educada. — Ela pegou um pouco de gelo. — Vamos pegar queijo antes que acabe. Olha, as pessoas já detonaram o brie. Esses filósofos não sabem cortar do jeito certo.

— Qual é o jeito certo?

— Deve sempre formar um triângulo. Não se corta pela ponta. Aqui está, experimente este, é um morbier. Já comeu morbier? É um dos queijos mais bonitos. E, veja só, geleia de figo. Os filósofos acabaram com ela também.

Adelaide comeu o morbier, e Kaspian-Lee se virou abruptamente para um jovem, alto e pesado, que não devia ter mais do que dezessete anos, de camisa de botões azul com as mangas dobradas.

— Vai tocar agora? — perguntou a ele.

O jovem deu de ombros.

— Se você quiser.

— Quero. Adelaide, este é Oscar. Ele está aqui para tocar piano.

— Oi, Adelaide.

— Oi, Oscar.

Oscar pegou um paletó no banco do piano e o vestiu, apesar do calor. Sentou e começou a tocar.

Adelaide nunca tinha pensado em piano na vida. Nunca tinha ouvido música clássica, mas Oscar passeava pelas teclas com enorme concentração. Ela admirava isso.

Kaspian-Lee desapareceu. Os filósofos pululavam, ansiosos e argumentativos, falando como se conversar fosse um esporte sanguinolento.

Adelaide de repente sentiu muita fome. Pegou o brie deformado pela crosta e foi com ele para um canto, onde se encostou em uma estante de livros e ficou observando a festa. Comeu o queijo como uma fatia de pizza e pensou: Toby é um viciado. Toby é um viciado.

Seu cérebro travou no pensamento. Era um antigo hábito, sempre que ela tinha um momento sem distração.

É claro, a mãe e o pai de Adelaide sempre diziam que Toby estava doente. Ou indisposto.

Doente e indisposto são o que a classe médica sugere que se diga. As palavras são precisas, mas, para deixar claro, Toby foi para uma clínica de reabilitação aos catorze anos.

Catorze.

Chegou a um ponto em que precisava tanto ficar chapado que, para conseguir os remédios, ele quebrou o próprio pulso com um martelo. Depois, quando a caixa prescrita acabou, disse aos pais

que estava sofrendo de enxaquecas. Disse que

o pulso ainda doía. Conseguiu mais um frasco de remédios e mais outro.

Quando não conseguia fingir dor, roubava o dinheiro de Adelaide. E dos pais. Ele dizia que

ia dormir na casa do Ian. Dizia que

estava exausto por conta do treino de basquete, tão exausto que não conseguia manter a cabeça erguida, quando, na verdade, estava caindo de sono.

Dizia que

estava vomitando por dor de estômago, quando, na verdade, a náusea era um efeito colateral dos narcóticos; dizia a eles

que estava com uma virose. Voltou a

dizer que tinha enxaquecas.

Foi levado a um neurologista e a um especialista em dores de cabeça.

Assustou seus pais. Eles acharam que ele poderia ter um tumor cerebral.

Quando Toby foi para a clínica de reabilitação, sua dependência pesou bastante nas finanças da família. Os Buchwald venderam a casa e o Armarinho Ovelha Feliz, gastaram suas economias e o dinheiro da aposentadoria de Levi. Por mais que soubessem que tinham muita sorte de possuir recursos para pagar, estavam diante de um futuro bem diferente daquele para o qual tinham poupado.

O que mais incomodava Adelaide era a
perda do próprio Toby. Ele tinha desaparecido da vida dela, mesmo quando estavam no mesmo cômodo.

Ela sabia que não deveria culpá-lo. Sabia que a química do cérebro dele era suscetível. Havia uma epidemia de opioides no país. Era um problema social. Um problema estrutural.

Levi tentou se manter equilibrado, se afundando em um livro que estava escrevendo sobre ensinar Shakespeare para o ensino médio, surgindo calorosamente presente e amoroso por cerca de meia hora pela manhã e uma hora à noite. Ele ficava falante e otimista, completamente concentrado em compartilhar partes divertidas de seu dia, ouvindo Adelaide e Rebecca. Fazia macarrão com bastante alho e lavava a louça, depois dizia que estava exausto e ia para a cama. Adelaide tinha a impressão de que Levi estava dando tudo o que podia. Se pedissem mais, poderia desmoronar.

Rebecca tentava acompanhar as tentativas de normalidade e conexão de Levi, mas alternava entre a autodepreciação (culpando as próprias atitudes como mãe pela dependência de Toby) e o ódio pelos outros fatores, além de si mesma, que levaram a isso. Será que tinha sido muito permissiva, ou muito rígida?, ela se perguntava em voz alta. Será que havia sufocado demais o menino, ou havia se ocupado demais com a própria carreira? Como aqueles outros pais idiotas deixavam drogas viciantes no armário do banheiro, onde qualquer um podia encontrar? Como eram irresponsáveis, deixando seus adolescentes sozinhos em casa, dando altas festas? E o problema dos opioides não era só causado pelo excesso de prescrição, como tantos pensavam. Rebecca pesquisou a epidemia em seu tempo livre e contou a Adelaide tudo que descobriu em suas leituras. A crise das drogas era causada por desordem social e econômica. Por mais que a mídia retratasse com frequência jovens de classe média como Toby, em sua maioria, os dependentes eram pessoas que enfrentavam pobreza, traumas e problemas de saúde. Rebecca investigou uma ampla gama de soluções, como serviços de redução de danos, curas com base na fé, regulamentações governamentais e diminuição das barreiras de acesso aos serviços de saúde. Geralmente, no dia a dia, ela cuidava da saúde de Toby: pedidos do plano de saúde, terapeutas, médicos, pesquisa de fatores que levavam a uma recuperação bem-sucedida. Não demorou muito para Rebecca quase ser derrubada pela dor ciática.

Pós-terapia, os Buchwald disseram à Adelaide que era
normal ela sentir raiva. Também disseram que ela deveria
se desapegar daquela raiva
normal, mesmo que fosse uma raiva
normal, e se lembrar de que
Toby estava doente.
A doença era responsável por aquilo tudo, disseram.
A doença, não ele.
A dependência altera o funcionamento do cérebro em nível molecular. É por isso que se trata de uma doença. A mudança na química cerebral impossibilita que Toby pare sem ajuda.

Adelaide respondeu: *Sim, sim, é claro*. Ela queria ser compreensiva. Mas não conseguia deixar de sentir que Toby se importava mais em

conseguir mais uma dose

do que com ela,

do que com seus pais.

Ele havia abandonado ela. Sua respiração chiada aparecia toda noite nos sonhos de Adelaide para lembrá-la de como ele tinha chegado perto da morte e de como parecia pouco se importar se aquilo magoava a irmã.

Toby é um viciado.

Agora, na festa de filosofia, um segundo refrão: *Mikey não me ama. Mikey não me ama.*

Adelaide ficou se perguntando: se ela não fosse triste por baixo do charme e unhas pintadas, será que Mikey a teria amado até o fim?

E se ela não fosse tão tagarela?

E se ela fosse muito engraçada, se fosse misteriosa e reservada, em vez de ser efusiva, se fosse mais magra ou mais alta?

E se fosse uma garota com sobrancelhas mais dramaticamente viáveis, Adelaide sentia que Mikey jamais a teria deixado. Ou se fosse uma garota com pernas longas e finas, do tipo que se empoleira elegantemente sobre a mobília.

Ela pensava nessas coisas repetidas vezes, como uma compulsão, mesmo sabendo que não deveria.

O queijo amoleceu em sua mão. Ela mordeu um pedaço grande e engoliu. Sentiu um pouco da empolgação de quando roubava os biscoitos que sua mãe fazia para as festas de fim de ano enquanto estavam esfriando.

Então Jack apareceu.

Ele estava do lado esquerdo de sua visão, conversando com um filósofo mais velho, de jeans e camiseta cinza. Sua pele dourada brilhava.

Adelaide virou para olhar. O sorriso de Jack se abriu no rosto. Ele levantou o braço devagar para secar o suor da nuca.

Ele estava
primoroso.

Ele virou e pegou Adelaide olhando.

Disse alguma coisa para o filósofo mais velho e foi até ela.

Ele se inclinou. Ela sentiu os lábios dele no ouvido.

— Pode me esconder? — ele perguntou.

— Posso.

— Agora?

Ela fez que sim.

— Vem comigo.

Sentindo os cabelos na testa e o pulsar do sangue nas têmporas, Adelaide levou Jack pela cozinha até a porta dos fundos.

Eles saíram para o ar denso de verão do quintal de Martin Schlegel. Estava repleto de rosas e trepadeiras. Tinha cheiro de verde. Nos fundos do quintal havia uma rede de corda branca pendurada entre duas árvores. O som distante de Oscar tocando piano flutuava até o quintal.

Eles sentaram meio sem jeito na beirada da rede, ainda com os pés apoiados na grama.

— Do que você está se escondendo? — Adelaide perguntou.

— De tudo.

— Da festa?
— De mim na festa.
— Como assim?
— Eu estava mentindo para aquele filósofo.

Ele virou e pegou Adelaide olhando.
Disse alguma coisa para o filósofo mais velho e foi até ela. Ele se inclinou. Ela sentiu os lábios dele no ouvido.
— Pode me esconder?
Ela o pegou pelo braço e se enfiou no lavabo de Schlegel. O ambiente estava iluminado apenas por uma vela com perfume de tangerina. Havia imagens com ilusão de óptica na parede. Pendurados perto do suporte para toalhas, óculos 3D de papelão formavam uma pequena fileira.
Jack fechou a porta com cuidado, levando o indicador aos lábios.
— Por que está se escondendo? — Adelaide perguntou.
— Tem uma menina aqui que eu conheço. De outros tempos.
— Que outros tempos?
— É constrangedor.
— Pode me contar.
Ele suspirou.
— Antes da mudança para a Espanha, eu estudava na Alabaster, certo? Estava no nono ano e ela, no último do ensino médio. Agora já deve estar na faculdade. E está aqui.
— E qual é o problema?
— Eu fiz papel de bobo.
— Como?

— Poesia. Escrevia para ela, tipo, um poema por dia. Acho que fui meio stalker, mas na minha cabeça estava sendo sedutor e romântico. Eu imaginava ela sorrindo quando encontrava mais um envelope, lendo e relendo minhas palavras. Mas na verdade ela estava jogando tudo no lixo e depois de um tempo pediu que eu parasse. — Jack riu e balançou a cabeça. — Eu nem acredito que fiz isso.

Ele estava recostado na pia.

Adelaide pegou um óculos 3D.

— Coloca isso para a gente ver a arte direito.

Ele colocou, e ela pegou outro.

— Minha nossa.

— O que foi?

— Aqui, você precisa... Espera, fecha os olhos. — Ele ajustou os óculos dela. — Agora vira. Agora abre.

— Ah, o quê? Eles estão...

— Sim, eles estão, com certeza. — Jack caiu na gargalhada. — Schlegel é um homem de mente suja.

— Pode me esconder?

— Por quê? — ela perguntou.

Os cabelos dele cacheavam no calor.

— Preciso fugir da Docinho.

— Ela estava lá fora.

— Agora está aqui dentro e passou os últimos quinze minutos sentada no meu colo. Estou coberto de pelo de cachorro.

— Não posso te esconder da Docinho. Ela localiza as coisas pelo cheiro.

— Eu estou com cheiro de alguma coisa?

Era o tipo de coisa que Adelaide jamais perguntaria a alguém. Ficaria preocupada de estar realmente cheirando a alguma coisa, ou com algum cheiro ruim, como de suor. Ou de sopa. Sabe, tem umas pessoas que cheiram a sopa.

Ela se inclinou e cheirou o pescoço de Jack.

Ele tinha um leve perfume de xampu de coco. Ou talvez fosse protetor solar. Ela sentiu vontade de encostar os lábios na parte macia de sua orelha.

Alguém bateu na porta do banheiro.

— Agora não! — Jack gritou, rindo.

— Shhh!

— Ah, é. Estamos nos escondendo.

— Quando nós dois sairmos — disse Adelaide —, vão achar que a gente estava se pegando aqui dentro.

— Não. Estamos falando sobre pornografia 3D na maior inocência.

— Mas vamos sair do banheiro juntos.

Jack começou a rir de novo, não uma risada irônica, despreocupada, como a que tantos meninos da Alabaster cultivavam, mas uma risada levemente maníaca, histérica, como se ele estivesse entrando em pânico ou de fato se divertindo demais.

— Por que não foi embora da festa? — Adelaide perguntou. — Quando viu a mulher da poesia.

— Eu te vi comendo brie no canto.

Foi aí que ela o beijou. Levantou o braço e passou o dedo pela penugem macia de sua nuca. As bocas se uniram com uma leveza incrível, tanto que ela mal teve certeza de que os lábios haviam se tocado.

Mas logo teve certeza.

— Gosto da sua risada — ela disse quando se afastaram por um instante.

Ele a beijou de novo, e ela sentiu que o amava, de verdade. Durante o beijo, parecia que os dois já se conheciam havia séculos. Ele tocou a clavícula dela com os dedos quentes. Todo o sangue de Adelaide subiu para a cabeça, e ela sentiu aquele pulsar pelo corpo.

Ao apoiar as costas na estante após cheirar o pescoço de Jack, Adelaide pensou:

Eu poderia ir para casa com ele hoje à noite.

Eu poderia ir para casa com ele

na mesma semana em que Mikey terminou comigo.

Eu poderia fazer isso.

Eu poderia fazer Mikey se sentir terrível,

se é que Mikey ficaria sabendo.

Adelaide encostou a mão devagar no braço de Jack.

— Para mim, você está com um cheiro bom.

Jack sorriu e balançou de leve a cabeça.

— Acho que abusei de uma bebida desconhecida — disse. Ele se afastou e puxou os jeans para cima. — É melhor eu ir para casa. Boa noite e boa sorte para você.

— Ótimo — ela disse. — Está bem. Boa noite e boa sorte.

Adelaide comeu seu triângulo de brie em silêncio no canto, ouvindo Oscar, o pianista, tocar.

A música era turbulenta. Dava a sensação de que o céu estava prestes a se abrir, e que
Mikey não estava apaixonado por ela e
Toby era um viciado
estavam sendo levados pela música
para o céu. De algum modo, o pianista
sabia como ela se sentia,
sabia que havia uma tempestade dentro dela, uma tempestade de autopiedade e tristeza e raiva e fadiga de ser
efusiva, de manter as pessoas
felizes.

Os filósofos se reuniam ao redor do piano, conversando em voz baixa.

Docinho estava deitada no tapete de barriga para cima.

Oscar terminou de tocar. Ele levantou e se misturou à multidão.

Alguém colocou uma playlist para tocar e aumentou o volume dos alto-falantes. Os filósofos universitários começaram a dançar na sala de estar de Schlegel, vindo da cozinha e da varanda. Dançavam com os braços duros, jogando a cabeça para trás e cantando.

— Que mentira você contou para o filósofo? — Adelaide perguntou.

— Eu disse que já tinha lido Jürgen Habermas — Jack respondeu —, porque ele perguntou: "Você já leu Jürgen Habermas?". E eu disse: "Alguma coisa", quando na verdade a resposta é "Não li nada". E depois ele disse...

Nessa hora, Jack recostou na rede, com os pés ainda apoiados no chão. Os olhos de Adelaide recaíram sobre o abdome dele, e ela logo se forçou a voltar para seu rosto.

— Ele disse coisas incompreensíveis sobre Jürgen Habermas, e eu disse: "Corretíssimo". E ele disse mais coisas incompreensíveis, e eu respondi: "Nunca tinha pensado nisso dessa forma". A verdade é que me odiei por não entender nada. E me odiei por fingir entender em vez de pedir para ele me explicar. E também me odiei por não querer entender sobre Jürgen Habermas, na verdade. Nem um pouco, porque... você sabe. Escola. Eu deveria querer conhecer Jürgen Habermas.

— Jürgen Habermas é um nome engraçado — Adelaide disse. Ela nunca tinha sequer ouvido falar de Habermas. — Se você ficar repetindo.

— Jürgen.

— Jürgen.

— A gente não deveria zombar do nome dos outros — Jack disse.

— Você tem razão.

— Você é muito bonita, Adelaide.

Ela recostou devagar na rede e ficou ao lado dele.

Jack pegou a mão dela, e eles fugiram do banheiro, rindo, saindo correndo da casa de Schlegel até dobrar a esquina. Desmoronaram junto a uma caixa de correio, gargalhando.

— Alguém viu a gente? — Jack perguntou.

— Acho que estávamos invisíveis.

Eles caminharam juntos pelo campus escuro, passaram pela avenida das árvores e pela grande cúpula da biblioteca do prédio de ciências, o Bloco Millhauser. Adelaide sabia como subir no telhado. Era preciso pular por uma janela e depois subir uma escada de incêndio.

— Eu tinha catorze anos da última vez que estive nesse campus — Jack disse quando chegaram ao telhado. — É tão estranho voltar.

— Em que tipo de escola você estudou na Espanha?

— Em uma escola americana. Em Barcelona.

— As aulas eram em inglês?

Ele confirmou.

— Na maioria dos casos, os alunos eram americanos ou ingleses, mas alguns vinham de outras partes do mundo. Cinquenta e cinco nações, eles viviam dizendo. E todo mundo tinha que fazer aula de espanhol. — Jack estava encostado na parede, na beirada do telhado, e Adelaide estava a dois palmos de distância. — Vem aqui.

— Por quê?

Ela sabia o porquê.

— Só vem. Se você quiser.

Ela se aproximou, e ele segurou o rosto dela com as duas mãos e a beijou como se fosse algo importante para ele, apoiando seu rosto como se fosse algo precioso, acariciando gentilmente a bochecha com o polegar, depois o queixo.

Mikey nunca tinha beijado ela daquele jeito. Nunca como se importasse tanto. Nunca
com tanto carinho.

Todo o tempo que tinha passado com Mikey Dois Ls, ele a beijava como

se fosse divertido, como
se fosse um jogo, como
se ficasse excitado, mas
não como se ele
a venerasse.
Jamais.
Ela se afastou e escondeu o rosto nas mãos.
— O que foi? — Jack perguntou.
— Nada.
— Aconteceu alguma coisa. Eu não queria...
— Você não fez nada de errado. Não é isso. Estou bem, de verdade.
— Sinto muito. Eu pensei...
— Eu cheguei perto quando você pediu. Eu queria. Não se preocupe. Você deve estar pensando que sofri algum trauma, abuso ou coisa do tipo, mas não é nada disso. Só estou confusa por outros motivos. — Ela engoliu em seco. — É melhor eu ir para casa agora.
— É claro. É claro. Eu te acompanho.
Eles desceram pela escada de incêndio.
Enquanto caminhavam, Adelaide chorava em silêncio. Ela se sentia extremamente tola. Tinha estragado tudo com
sua repugnante, desprezível
tristeza, tristeza que a tornava
detestável e opressiva, tristeza que
talvez fosse raiva disfarçada,
talvez fosse raiva, vazando dela,
porque não havia ninguém com quem gritar,
ninguém em quem descontar,
nenhuma forma de descarregar. E isso precisava sair.

Ela não sabia se estava com raiva de
Mikey ou de
Toby. E não sabia se sua raiva tinha estragado as coisas com
Mikey ou
Toby, ou agora com
Jack...
ou com os três.

Ela se despediu rapidamente, correu para o quarto no escritório do pai e se enfiou no sofá-cama, ainda vestida. Apagou a luz — então se lembrou dos cachorros.

Não tinha saído para passear com eles.

Ela se forçou a ficar de pé e vestiu um suéter. Encontrou os sapatos. Passeou com um cachorro de cada vez (à exceção dos dois que moravam juntos), indo de uma casa para outra no frio feio e tiritante da noite.

4

O IRMÃO DE ADELAIDE

Toby e Adelaide. Nove e onze anos.

TOBY: (puxa o catarro de um jeito nojento)
ADELAIDE: Ah, não, isso não. Pode parar.
TOBY: Só estou fungando. (puxa o catarro)
ADELAIDE: Nada disso. É nojento demais.
TOBY: Não consigo evitar. (puxa o catarro)
ADELAIDE: Vai pegar um lenço. Aqui. Toma o lenço.
TOBY: (assoa o nariz sem fazer força) Não está saindo nada.
ADELAIDE: Assoa com força, tonto.
TOBY: (puxa o catarro)
ADELAIDE: Vou te castigar quando fizer isso.
TOBY: Você não pode me castigar. Só a mamãe e o papai podem me castigar.
ADELAIDE: Vou dar um jeito.
TOBY: Como?
ADELAIDE: Falando palavrão.
TOBY: Eu detesto palavrões!
ADELAIDE: Eu sei disso. Acho que se eu falar um palavrão toda vez que você puxar o catarro, você vai parar com isso.

TOBY: (puxa o catarro)

ADELAIDE: Cocô!

TOBY: (puxa o catarro)

ADELAIDE: Bobão!

TOBY: (puxa o catarro)

ADELAIDE: Bunda de trovão!

TOBY: O quê?

ADELAIDE: Bunda de trovão. Toda vez que você puxar o catarro eu vou dizer "cocô bobão bunda de trovão".

TOBY: Vai?

ADELAIDE: Vou falar isso na frente dos seus amigos. E dos seus professores. Você vai puxar o catarro e eu vou chegar falando *Cocô bobão bunda de trovão*. Bem alto. Todo mundo vai ficar chocado. Você vai ficar com vergonha e nunca mais vai puxar catarro de novo.

TOBY: Repete!

ADELAIDE: Não.

TOBY: Repete!

ADELAIDE: Agora você gostou? Então diz *você*.

TOBY: Não. Eu não vou falar palavrão.

Adelaide lembrou de ter ido buscar Toby após um fim de semana jogando *Dungeons & Dragons* no laboratório de estratégia de Boston, um clube de jogos de tabuleiro de que ele fazia parte. Ela tinha doze anos, e ele, dez.

— Como foi sua campanha?

— Boa. Mas perdi um braço.

— O quê?

— Não tem problema. Meu irmão gêmeo do mal se transformou em lobisomem e arrancou meu braço com uma mordida.

— Era o braço que você usava para lutar?

— Era — Toby disse com alegria. — Mas posso fazer ele crescer de volta. Ou conseguir um de madeira, ou coisa do tipo. Além do mais, eu logo me transformei em lobisomem e arranquei a perna dele. Essas coisas acontecem o tempo todo. Podemos comprar M&M's?

Ela o levou até uma drogaria e comprou M&M's para os dois.

— D&D e M&M's — ele disse enquanto iam andando até em casa.

Ele gostava de comer os verdes e fazer pedidos. Devorava todos os verdes em sequência, fazendo um pedido atrás do outro. Depois abria a boca cheia de M&M's mastigados.

Ela deixava ele lamber seus sorvetes de casquinha. Preparava torradas para ele. Lia para ele. Doava seu tempo a ele, jogando *Unstable Unicorns* e *Exploding Kittens*. O relacionamento dos dois sempre se caracterizou por Adelaide dando e Toby recebendo, mas ela ficava contente, na maioria das vezes, por fazer o papel da irmã mais velha protetora ou permissiva.

Em troca, ele a fazia rir. E quando ele começava a ficar ganancioso demais, ela simplesmente batia em sua mão e dizia que ele não poderia ter o que queria.

Adelaide tinha orgulho de Toby. Ele era popular no ensino fundamental, um menino baixinho de quem até as meninas altas gostavam. As pessoas diziam: "Você é irmã do Toby Buchwald? Ele é tão fofo". Meninas do oitavo ano, quando ele ainda estava no sétimo. E Adelaide ficava feliz em responder que sim.

Quando foi para o ensino médio — na época, em uma escola pública de Boston —, ele teve um efeito similar sobre as mulheres. Tinha cabelos escuros despenteados e usava aparelho nos dentes. Conversava com todo mundo. Era praticamente um cachorrinho, engraçado e radiante. Ser desbocado e insolente compensava o fato de ser baixinho, e em vez de sair com uma menina do nono ano, ele se tornou a adorada mascote de um grupo de meninas populares do último ano. Elas começaram oferecendo caronas para casa. Depois o levavam junto quando iam tomar smoothies. Logo ele estava sentando com elas no intervalo para o almoço. Elas o pegavam de carro e o levavam para onde fossem.

Adelaide não estava prestando atenção. Estava dormindo na casa da Ashlee e praticando atletismo. Ela começou a ir a museus de arte com Veronica de vez em quando. Também saiu com um tal de Mateo por um tempo, depois com William por um tempo, e, embora não tivesse nada sério com nenhum dos dois, eles ocupavam seu tempo. Ela trabalhava bastante como babá. E às vezes ia a festas. Era, em essência, uma pessoa relativamente centrada, relativamente feliz, sem o lampejo e o brilho de que se orgulhava atualmente, sem a tagarelice que havia desenvolvido. Antes, era mais branda. Tinha menos necessidade de distração.

Adelaide não sabia como Toby tomara aquela decisão, primeiro de pegar remédios do armário do banheiro. Ela nunca faria aquilo. Para ela, não era muito difícil dizer:

"Não, é arriscado demais, é idiota", ou

"Hoje não", ou mesmo

"Não tente me convencer. Isso é tosco."

Ela já tinha dito essas coisas em festas ou com amigos. Várias vezes. Por que Toby não havia conseguido fazer o mesmo?

O que ela sabia era que os comprimidos se tornaram rotina para ele. Todo fim de semana. Algumas noites durante a semana. Outros garotos estavam fazendo o mesmo. O pai de um deles tinha um estoque de oxicodona que nunca jogou fora. A mãe de outro era viciada em remédios. E assim por diante. O sorriso perene de Toby escondia uma camada de ansiedade e depressão, e os comprimidos aliviavam isso.

Uma noite ele encontrou um frasco cheio de oxicodona no banheiro dos pais de alguém. Roubou o frasco e começou a tomar alguns comprimidos todos os dias. E, quando virou um vício, seu corpo começou a exigir aquilo. Sem parar.

Quando o frasco acabou, foi aí que Toby quebrou o próprio pulso. Ele
colocou gelo primeiro, tomou dois analgésicos e
golpeou o pulso esquerdo
várias vezes
com o martelo na mão direita.

Foi sozinho para o hospital, sem ligar para ninguém, tendo planejado tudo de antemão, inclusive o trajeto de ônibus. Disse aos médicos que derrubou um peso de dez quilos enquanto se exercitava. Classificou sua dor com nota dez em uma escala de um a dez e conseguiu uma receita de oxicodona totalmente legítima.

Mas os remédios prescritos logo acabaram. Então ele começou a comprar por fora.

É claro que Adelaide encontrava com Toby em algumas festas, embora não tivessem o mesmo grupo de amigos. Quando o encontrava, achava que ele estava bêbado. Fraco para bebida. Ele dizia que tinha tomado duas cervejas.

Não parecia tão horrível que um menino de catorze anos tomasse duas cervejas. Os pais de Adelaide nunca a proibiam de beber. Fizeram aquele discurso de sempre: um copo d'água a cada dose de bebida alcoólica, fique longe das bebidas mais fortes, limitando-se a vinho ou cerveja. Coma alguma coisa se estiver bebendo, assim o efeito do álcool não vai ser tão forte. Nunca entre em um carro com um motorista bêbado. Não beije ninguém se estiver embriagada, pois pode ter dificuldades para dizer o que quer e o que não quer. Ou a outra pessoa pode não ouvir direito. Não aceite bebidas de estranhos: sirva ou abra a sua própria bebida. Eles disseram tudo isso e se ofereceram para buscá-la em qualquer lugar, a qualquer momento que precisasse de uma carona para casa.

Haviam confiado em seu julgamento. E no de Toby.

Quando Toby finalmente foi para o hospital, e depois para a clínica de reabilitação, Adelaide juntou as peças. Entendeu por que Toby dormiu no ombro dela tão

profundamente, como se fosse uma criança, uma vez no ônibus voltando de uma festa.

Se deu conta de que ele nem sempre estava na casa do Ian e por que

estava sem dinheiro, apesar da mesada.

Seus pais enfrentaram a situação como puderam. Levi se afundou nas questões do plano de saúde e nas opções de tratamento. Rebecca cuidou de todas as consultas de Toby, falou com todos os médicos e com o próprio Toby. Adelaide falou com os professores e ligou para os pais dos amigos dele para explicar o que tinha acontecido; o que poderia estar acontecendo com os filhos *deles*.

Ela ficou feliz por ter algo para fazer. Era bom estar ocupada, em vez de passar seu tempo pensando sobre

Toby se drogando, sobre

Toby definhando, sobre

Toby e sua mente, e se em algum lugar lá dentro ele ainda

podia ser o irmão que ela amava, agora que a química de seu cérebro estava alterada de forma permanente.

Rebecca ficou extremamente grata com a assistência de Adelaide. Dava na filha grandes abraços apertados, do tipo que Adelaide amava quando pequena. Rebecca era curvilínea, com cabelos longos e encaracolados que ecoavam a textura dos suéteres grossos que ela fazia e usava. Mesmo em dias quentes, usando camiseta e calças largas, ela parecia meio que feita de lã. Ela disse que Adelaide era a melhor ajudante possível; Adelaide era tão madura, estava mantendo a família unida, obrigada, obrigada.

A família foi levada a acreditar que seriam apenas noventa dias em Kingsmont, o centro de reabilitação, mas Toby começou a ter surtos. Rebecca dizia que Toby se enfurecia e gritava. Talvez as drogas tivessem causado algo em seu cérebro. Ele melhoraria logo, era o que esperavam. Começaria a ser medicado.

Foi quando Adelaide e Levi se mudaram para Baltimore para ficar com Rebecca.

A nova escola era aceitável. Foi difícil fazer amigos no início. Havia um roteiro na cabeça de Adelaide.

Meu irmão caçula está em uma clínica de reabilitação.

Meu irmão caçula está em uma clínica de reabilitação.

Para todos os lugares que ia, sentia uma batida ritmada sob os pés.

Toby é um viciado.

Toby é um viciado.

Aquelas palavras estavam rabiscadas em seu rosto para que todos vissem. Estavam escritas em seus tornozelos e suas mãos, em todas as partes visíveis de seu corpo. As pessoas perguntavam como ela estava. Adelaide respondia: "Bem". Dizia: "Ótima". Falava o que elas queriam ouvir.

Mas o que respondia mentalmente era: *Meu irmão caçula está em uma clínica de reabilitação.*

No início, ela também ia para Kingsmont no dia da visita semanal. Mas Toby não olhava para ela. Não falava com ela. E ela mal conseguia falar com ele.

Ficou constrangida ao descobrir que ela sempre chorava, do minuto em que sua mãe estacionava o carro. Não era um choro alto. Era silencioso. Apenas seus olhos vertendo água e a garganta fechada. Ela não conseguia se conter. Chorava porque o rosto de Toby estava diferente. A forma com que os braços pendiam aos lados do corpo era peculiar. Chorava porque não o conhecia mais, não conseguia enxergar seu irmão caçula dentro daquele estranho.

Ele não havia aprendido a se barbear e agora precisava saber. Tinha um bigode ralo. Seus dentes não pareciam limpos. Não havia livros ao lado de sua cama. Nem jogos em seu quarto.

Logo, seus pais sugeriram gentilmente que Adelaide não fosse mais às visitas. Disseram que não queriam que Toby a visse chorando daquele jeito.

— Dependentes costumam se sentir julgados pela família e pelos amigos — disse o terapeuta durante uma visita, quando Toby não estava presente. — É melhor evitar negatividade o máximo possível.

Os Buchwald temiam que o choro dela deixasse Toby ansioso e se sentindo culpado. Ele já sabia o que suas ações tinham causado para a família. Agora estava construindo uma nova noção de si mesmo, como uma pessoa sóbria.

Além disso, eles detestavam vê-la chorando. Aquilo os exauria, cuidar de Adelaide além de cuidar de Toby.

Não disseram isso. Mas Adelaide percebeu: eles precisavam que ela fosse forte.

Rebecca disse:

— Não se obrigue, querida. Você já fez tanto pela nossa família. Não esquecemos disso. Não tem problema não participar dessa parte.

Levi disse:

— Pode ser mais fácil para o Toby se só nós dois formos nas visitas. E está tudo bem. Ele nunca vai esquecer do quanto você o ama.

Ela parou de visitar o irmão. Foi um certo alívio. No lugar das visitas, começou a escrever cartas a Toby. Cartas em papel.

Oi, Toby.

Aí vão as novidades. Repletas de emoção!
 O papai preparou para mim uma cumbuca com grãos, acelga chinesa, cogumelos e frango desfiado. Disse que era o jantar, mas não sei ao certo se a lei considera justo chamar aquilo de comida.
 A mamãe e a dor ciática. Minha nossa! Ela não faz os exercícios. Coloca o tapetinho no chão. Bem no meio da sala de estar. Empurra a mesinha de centro para o lado, arruma tudo. E depois o tapete passa o sábado ali. Julgando ela.
 Os exercícios levam literalmente sete minutos, mas ela não faz. Depois fica com a bunda doendo e toda triste.
 Ela me levou para comprar galochas e eu fiquei tipo,
 "Essas aqui, por favor". E ela disse,
 "Será que você não ia gostar mais de um outro modelo; quer experimentar outras?" E eu fiquei tipo,
 "Não, obrigada, gostei dessas. Têm bolinhas vermelhas. Bolinhas vermelhas são meu sonho". E ela disse:

"Que tal experimentar as verdes?" E eu respondi,
"É a mesma coisa, só muda a cor". E ela falou,
"Talvez você possa experimentar aquelas floridas, então?" E eu fiquei tipo,
"Não, muito obrigada, gostei demais dessas de bolinhas vermelhas".

Mas, não importa, paramos de discutir e agora eu tenho galochas.

Fui ao Museu de Arte Visionária hoje com Ling. Entre as coisas que vimos estão:
a primeira família robô do mundo e
uma série de autômatos, tipo pessoas mecânicas.
E também uma menina tão catarrenta que parecia que tinha uma fita pendurada no nariz.

Depois fomos tomar sorvete.

      Cocô bobão bunda de trovão
       com muito amor, *Adelaide*

Ele não respondeu.
Nenhuma vez. Jamais. Então Adelaide se esforçou mais. Ela comprou
cartões-postais com estampas da Marimekko e de heróis da DC Comics e escreveu recados divertidos, contando fofocas de celebridades, falando das festas da escola e curiosos
projetos e grupos.
Ela demonstrou
perdão e gentileza, repetidas vezes.
Nunca demonstrou nenhuma
raiva ou decepção.

Na verdade, foi nessas cartas que a primeira versão da persona efusiva e tagarela de Adelaide começou a surgir. Ela queria entreter Toby. Conseguir alguma reação dele. E descobriu que, assumindo seu lado efusivo, vestindo uma espécie de jaqueta de lantejoulas, conseguia aliviar um pouco de sua angústia.

Adelaide esperava uma carta em resposta. Ou pelo menos um bilhete.

O que ele estava fazendo com seus dias em Kingsmont, afinal? Havia períodos livres. Poderia escrever, se quisesse.

Toby permaneceu no Centro Kingsmont até maio, quando se mudou para a Casa Futuro, uma pensão para estudantes sóbrios do ensino médio que se recuperavam de dependência química. Morando lá, ele assistia a aulas durante o verão em um colégio para pessoas na mesma situação que ele. Estava indo bem. Seus pais o visitavam todos os fins de semana, assim como antes.

Depois de um tempo, Adelaide parou de escrever. Passou o verão antes de ir para Alabaster trabalhando em uma creche para cachorros com sua amiga Ling, que tinha um primo que conhecia o dono. Depois do trabalho, elas se encontravam na casa de Joelle, sentavam na varanda dos fundos, tomavam cerveja que compravam com a identidade falsa de Joelle e pediam pizza.

Elas gostavam de alguns meninos, que talvez gostassem delas também.

Às vezes os meninos apareciam por lá.

Às vezes havia uma festa em outro lugar.

Se não tivessem mais nada para fazer, Adelaide, Ling e Joelle iam comer yakisoba e ver vitrines.

Mas ainda assim,
mesmo que Toby estivesse bem,

ou mais ou menos bem,

ou bem por enquanto,

Adelaide dormia mal e não conseguia parar de pensar. Ela pensava,

E se ele tiver uma recaída?

E se ele morrer?

O que estou fazendo nessa varanda, comendo pizza enquanto o sol se põe, quando meus pais gastaram metade das economias da aposentadoria deles para pagar o tratamento de Toby?

O que estou fazendo beijando esse menino, enquanto Toby continua sendo um triste arremedo de pessoa, prostrado pela vergonha e pela medicação, olhando sem expressão para a parede todas as noites?

Como posso tomar essa cerveja enquanto algumas pessoas se tornam alcoólatras? Essa é uma substância perigosa, e talvez algum

demônio da dependência esteja

à espreita dentro de mim,

absorvendo esse álcool, e

um dia eu vou acordar e sentir que preciso dele mais do que tudo.

Mas ela ainda assim tomava a cerveja. E comia a pizza. E beijava o menino, mesmo não sendo sério.

Ela mudaria de cidade no fim de agosto. Todos os seus amigos cursariam o penúltimo ano do ensino médio em Baltimore, e ela iria com o pai para a Alabaster.

Sentia nostalgia do próprio verão que estava vivendo, daquelas noites na casa de Joelle, do desejo que o menino a fez sentir quando a beijou, mesmo que ele fosse um pouco frio e não a fizesse rir. Ela nunca havia pensado na própria vida com nostalgia enquanto a vivia — mas naquele verão foi avassalador.

Isso nunca mais vai acontecer, ela pensou.

Nunca mais vamos ser assim.

Agarre-se a essa sensação.
Lembre-se dela.

Ao mesmo tempo, ela também vivenciava ondas de dissociação disso tudo. Não ia durar, então por que importava? Quando chegasse o outono, ela estaria no norte de Massachusetts. Quando chegasse o outono, ela teria outros amigos. Quem ligava para o que aconteceria com essas coisas?

Ela pegou a caixa de Lego de Toby no porão. No ensino fundamental, ele gostava de montar kits temáticos. Star Wars, Harry Potter, veículos de resgate. Adelaide às vezes sentava ao lado dele e ajudava. Ele era capaz de seguir as instruções mais complexas, mas gostava que a irmã encontrasse as peças necessárias. Ele esvaziava os sacos plásticos em tigelas de cereal, às vezes acumulando mais de dez tigelas ao seu redor no chão da sala.

Agora, as peças dos kits estavam todas misturadas em uma enorme caixa plástica transparente, junto com minúsculos trabalhadores de Lego em uniformes aleatórios, vasos de plantas falsos e peças de Lego normais. Adelaide começou a fazer dioramas.

O terraço de Joelle com a hidromassagem.
O carro de Ling, estacionado na frente de sua casa.
A creche para cachorros.
Fazer os dioramas consumia um pouco da
energia turbulenta que Adelaide tinha dentro de si, a
nostalgia misturada com
tristeza por Toby, a
quase insuportável pungência disso tudo.

5

A NATUREZA PRECÁRIA DO NOVO AMOR

Na manhã seguinte à festa filosófica do sr. Schlegel, Adelaide acordou pensando em Jack. Em seu perfume, na ponta dos dedos dela tocando seu pescoço, em como estava curiosa para ver seu coração. Ela gostava da forma suave que ele pronunciava alguns dos Ls, talvez um resquício do tempo na Espanha, e do jeito que passava os dedos pelos cabelos distraidamente, quase sempre deixando-os mais bagunçados.

Talvez ele estivesse no cachorródromo com Docinho.

Talvez ele ligasse ou mandasse uma mensagem.

No cachorródromo, EllaBella corria, cheirando todos os cantos.

Lorde Voldemort tentou matar um esquilo, mas não conseguiu.

Adelaide pensou em mandar uma mensagem para Jack. Mas não.

Estava muito constrangida por ter chorado quando se beijaram.

Adelaide mandou uma mensagem para Jack.

Sentia que estava apaixonada por ele. Seria impossível?

Ela era uma pessoa racional. Pelo menos em geral.

                     Obrigada por me acompanhar até em casa.

Você está bem?

                     Estou bem.

                     Mas sabe o que seria legal?

O quê?

                     Se você pudesse apagar da memória a parte da noite em que chorei. Apagar! Por favor, lembra só até a parte em que conversamos sobre Barcelona. Isso seria ótimo, se não se importar.

Adelaide mandou uma mensagem para Jack.
    Sentia que podia amá-lo. Seria impossível?
    Ela era uma pessoa racional. Pelo menos em geral.

                     Obrigada por me acompanhar até em casa.

Imagina.

                      Estou no cachorrodrómo.

...

...

                      Você vai aparecer por aqui mais tarde?

...

...

                      Certo. Já entendi.

Desculpe. É que...

Eu estou com uma pessoa.

                      Eu disse que já entendi.

Adelaide pensou em mandar uma mensagem para Jack. Queria encontrá-lo, mas estava muito constrangida por ter chorado quando se beijaram.

Quando estava devolvendo EllaBella para a casa do sr. Byrd, no entanto, chegou uma mensagem dele.

Está a fim de nadar?

    Quando?

Hoje. Riacho Dodson,
meio-dia. Vou com uns
caras do trabalho.

    Só meninos?

Não se você for.

    Eu tenho que fazer
    a maquete para a aula
    de cenografia.

Vamos, por favor.

    Acho que não dá.

    Acabei de terminar um
    namoro. Sou uma gema
    de ovo atormentada.

Vamos mesmo assim.

    A gente pode reatar,
    é isso. Talvez.

O que é uma gema de ovo
atormentada?

...

...

Certo. Já entendi.

Foi mal.

Tudo bem.

Quando estava devolvendo EllaBella para a casa do sr. Byrd, no entanto, chegou uma mensagem dele.

Está a fim de nadar?

Quando?

Hoje. Riacho Dodson,
meio-dia. Vou com uns
caras do trabalho.

Só meninos?

Não se você for.

O riacho Dodson era uma piscina natural em um parque estadual, mais ou menos a uns quarenta e cinco minutos de distância. Era preciso fazer uma caminhada e então chegava-se a uma parte com águas calmas e degraus de pedra que desciam até o rio.

Alguém tinha amarrado uma corda em uma árvore grande que se curvava por cima do rio. Dava para correr pela plataforma, segurar na corda, se pendurar e pular no rio.

As pessoas estendiam toalhas de piquenique em uma parte plana de gramado ensolarado, mas passavam a maior parte do tempo às margens do rio, na sombra das árvores que criavam manchas verdes na água. Adelaide tinha ido lá em uma excursão com a escola, um passeio de integração dos alunos do penúltimo ano em setembro.

Eu tenho que fazer uma maquete para a minha aula de cenografia.

Vamos, por favor.

Por favor.

Está bem.

— Você pode ir primeiro.
— Não, vai você. Está muito gelado.
— Então eu vou de uma vez.
— Anda, vai de uma vez.

Jack não estava envergonhado por estar de sunga, apesar da cicatriz de tamanho considerável na lateral da barriga e sua perna atípica. A perna era fina e não parecia ter muita força. O restante do corpo era basicamente ombros e uma ondulação de músculos no abdome.

— Cadê os caras do seu trabalho? — ela perguntou a ele.

— Atrasados, acho.

Eles tinham ido ao parque no carro de Jack, depois carregado toalhas e garrafas de refrigerante do estacionamento até o riacho Dodson. Adelaide usava um biquíni com estampa de folhas de samambaia e óculos de natação azul-claros.

— Mas eles vêm?

— Sim.

Ele respirou fundo e correu pela plataforma, se pendurou e pulou no rio.

Adelaide fez o mesmo, e o frio da água após o calor do dia fez com que ela se sentisse perdidamente acordada.

Mais tarde, os amigos dele apareceram. Um deles era Oscar, o pianista da festa de Schlegel. Ele era pálido e levemente sem jeito, de bermuda e camiseta. O outro era Terrance, um cara negro e esguio de rosto triangular parcialmente escondido por óculos escuros. Ambos estudavam na escola pública local e se conheciam da orquestra escolar. Terrance tocava o que chamou de "um péssimo oboé". Os dois trabalhavam durante o verão com Jack no Sanduíches do Tio Benny.

Os meninos apareceram lá absurdamente despreparados para um dia na água. Oscar não tinha levado toalha. Terrance tinha esquecido a roupa de banho e apenas subiu a barra da calça jeans para nadar. Não tinham levado comida. Os dois ficaram com sede e reclamaram por não terem o que beber. Adelaide dividiu suas batatinhas e deixou que tomassem o restante de sua água com gás.

Era divertido estar cercada por meninos. Eles se exibiam,

pulando da plataforma e espirrando água. Oscar falava sobre querer abrir uma boate silenciosa, em que todos usariam fones de ouvido. Cada um estaria ouvindo uma música diferente, mas todos dançariam juntos.

— Você encontraria a pessoa que estivesse ouvindo a música igual à sua. Descobriria que é a mesma pelo ritmo da dança. E pelo estilo.

— *Você* descobriria — disse Terrance. — As outras pessoas ficariam andando pra lá e pra cá, confusas e infelizes.

— Ninguém ficaria infeliz — retrucou Oscar. — Todos estariam dançando.

— Qual o motivo de ser silencioso? — perguntou Jack.

— Sei lá — disse Oscar. — Seria tipo uma performance. Engraçada e meio mágica.

— Ou constrangedora — respondeu Jack.

— Demandaria muita organização — disse Terrance. — Fones de ouvido para todos e tudo o mais.

— Aposto que poderíamos conseguir recursos na escola — disse Oscar. — Tipo, se fosse uma festa da escola.

— Você criaria todas as playlists? — perguntou Adelaide. — Quantas seriam?

— Se as pessoas tiverem playlists iguais, vão ficar irritadas — comentou Terrance. — Ninguém quer dançar com a mesma pessoa a noite toda.

— Acho que elas tentariam escolher as próprias músicas — afirmou Adelaide. — Elas seriam rebeldes e mudariam para as suas próprias playlists.

— Aff, vocês todos estão detonando meu sonho — disse Oscar. — Por que estão detonando minhas paradas?

— Estou sendo prático — explicou Terrance.

— Eu não ia fazer de verdade — afirmou Oscar.

Jack tocou as costas de Adelaide, bem de leve.

— Quer nadar? Sair de perto desses palhaços?

— Eu ouvi — disse Terrance. — Também vou nadar.

— Vamos todos nadar — disse Oscar, levantando. — Você não pode fugir de nós, Adelaide.

Na volta, com lama e restos de grama nos pés, Adelaide e Jack pararam para comer tacos. Sentaram no estacionamento de um food truck, em uma mureta de cimento atrás de alguns cones de trânsito laranja.

O telefone dela apitou. Era Mikey.

> Ei, estou pensando em você.
> Está tudo bem?

Adelaide apagou a mensagem e desligou o celular.

— Desculpe.

— Quem era? — Jack perguntou.

— Ninguém importante.

Na volta, com lama e restos de grama nos pés, Adelaide e Jack pararam para comer tacos. Sentaram no estacionamento de um food truck, em uma mureta de cimento atrás de alguns cones de trânsito laranja. O telefone dela apitou. Era Mikey.

Ei, estou pensando em você.
Está tudo bem?

— Desculpe — ela disse a Jack. — Preciso responder.

Ela nunca tinha deixado de responder às mensagens de Mikey. Não poderia ignorá-lo agora. Eles não se falavam desde o término do namoro.

Ela ligou para ele, indo até o outro lado do estacionamento.

— Ei.
— Ei — respondeu Mikey Dois Ls.
— Onde você está?
— No aeroporto. Indo para Porto Rico.
— Uau.
— Talvez eu esteja nervoso.

Mikey sempre ficava ansioso com viagens. Detestava arrumar a mala, ficava preocupado com atrasos de ônibus e cancelamento de voos.

— Você vai ficar bem — disse Adelaide. — Vai dar tudo certo.

Ela manteve o tom de voz animado, como se eles fossem velhos amigos e ela estivesse ansiosa para saber de suas aventuras.

— Já sei que esqueci a pasta de dentes.
— Algum colega pode te emprestar.
— Meu espanhol deveria ser melhor.
— Me conta da viagem.

Mikey falou sobre sua viagem de voluntariado, sobre o trabalho que esperava por ele de apoio às vítimas do furacão.

— Como estão os cachorros que você leva para passear?
— Ótimos.
— Que bom.
— É.
— Bem.

— O quê?

— Eu só queria ter certeza de que você está bem — disse Mikey.

— Estou superfeliz — respondeu Adelaide. — Não se preocupa comigo. Arrasa em Porto Rico.

Ela desligou e sentiu o rosto enrugar. Era terrível falar com Mikey com aquela

falsa animação, sabendo que ele vai

voar sobre o mar, sem ter quase

nada para dizer depois de desejar constantemente falar com ele por tanto tempo.

Parecia impossível que não muito tempo antes os dois estivessem rolando na cama dele, fazendo guerra de travesseiros.

Ela e Jack ficaram em silêncio durante todo o restante do trajeto para casa. Adelaide olhava pela janela e pensava

em Mikey, olhando para ela quando levantava a máscara após uma luta de esgrima,

em Mikey, tomando chocolate quente na sala compartilhada do dormitório,

em Mikey, andando em uma bicicleta com uma fita amarela no guidão, abrindo um grande sorriso.

— Chegamos — Jack disse com frieza.

Adelaide desceu do carro.

— Obrigada pelo ótimo passeio — ela disse.

— De nada.

Ele foi embora sem dizer uma palavra.

6
MIKEY DOIS LS, UMA HISTÓRIA DE AMOR EM UM ÚNICO UNIVERSO

Mikey Lewis Lieu, também conhecido como Mikey Dois Ls, foi o primeiro amor de Adelaide.

Praticava esgrima e era otimista. Acreditava em pensamento positivo, em se preparar psicologicamente para um combate. Era confiável. Tinha belos músculos nos braços.

Quando ela e Mikey começaram a sair, em novembro do penúltimo ano do ensino médio, Adelaide rapidamente passou a necessitar de Mikey Dois Ls. Ele tinha um rosto agradável e redondo, como um prato de jantar saindo quentinho da lava-louças.

Mikey Dois Ls pensava em coisas como
presentear a namorada com uma bicicleta.

Ele fez isso. Deu a Adelaide uma bicicleta com uma fita amarela amarrada no guidão.

Pensava em coisas como
mandar mensagem logo cedo. "Bom dia, flor do dia."

Ele pegava na mão dela quando os dois caminhavam pelo campus.

Um menino daqueles faria quase qualquer um feliz.

Adelaide não estava deprimida. Ela nunca se sentia desconsolada. Tinha energia. Era tagarela. Pintava as unhas de verde e usava vestidos floridos e cardigãs enormes.

Mas é possível ser tagarela, pintar as unhas e ainda estar muito triste.

Na verdade, é possível ser tagarela e pintar as unhas para proteger outras pessoas do tamanho de sua tristeza.

Adelaide não conseguia encontrar uma fonte de felicidade em si mesma. Simplesmente não parecia haver nenhuma.

Ela podia se distrair da tristeza, no entanto. Por exemplo, fazia dioramas com uma mistura de papelão, tinta e Lego, depois os enchia com bonequinhos de Lego e os deixava nas cabines do banheiro do dormitório para as pessoas encontrarem. Saía para dançar à noite aos fins de semana, quando havia bandas tocando no centro acadêmico. Ficava acordada até tarde conversando com Stacey S., fazendo camisetas tie-dye na pia.

Mas a tristeza ainda estava lá, no fundo.

Mikey Dois Ls acabava com essa tristeza durante boa parte do tempo. Simplesmente conseguia.

Ele nunca deixava de aparecer. Esperava por Adelaide na escada do refeitório. Beijava-a em público com beijos longos e firmes, como se estivesse muito entusiasmado com ela, e em particular com uma espécie de alegria, como se os dois compartilhassem um segredo divertido.

Eles não dormiam juntos, mas conversavam sobre isso. Parecia que sempre tinham dificuldade para encontrar tempo para ficar sozinhos — antes de os colegas de quarto chegarem, ou antes do toque de recolher, quando todos precisavam estar de volta a seus quartos.

E talvez não estivessem prontos.

Eram um casal havia seis meses e meio quando resolveram passar o verão juntos. Os pais de Mikey moravam a três horas de distância, mas ele poderia ficar no quarto de hóspedes de uma professora em troca de algumas horas cuidando do filho dela. Ele tinha um trabalho meio período na escola, cortando grama e cuidando de plantas, que pagava muito melhor do que qualquer vaga que pudesse conseguir perto de casa.

— Vamos ficar os dois aqui — ele disse para Adelaide. — Você gostaria?

Sim.

— O verão todo, fazendo piqueniques no pátio, andando de bicicleta. O que acha?

— Você não quer ver seus pais? — ela perguntou.

— Prefiro ficar aqui com você.

Adelaide e Mikey combinaram de se encontrar todas as manhãs depois que ela tivesse levado os cachorros para passear, no café de que mais gostavam, aquele com piso de madeira clara. Pediriam croissants de amêndoas. E ficariam sozinhos — sozinhos de verdade, pela primeira vez. Sem colegas de quarto nem supervisores, sem tarefas de casa, sem amigos querendo montar grupos de estudo, jogar frisbee ou se lamentar. Quase vazio, o campus se estenderia diante deles nos longos dias de verões.

Eram meados de junho, um dia antes do fim do semestre de primavera. As aulas tinham acabado. As provas finais tinham acabado. A cerimônia de formatura estava acontecendo no gramado. Os alunos estavam fazendo as malas para passar o verão em casa.

Mikey foi encontrar Adelaide enquanto ela pintava o banheiro de Levi de uma cor chamada Névoa Adriática, um turquesa-claro. Ele levou um sanduíche para ela, o queijo quente com abacate que ela sempre pedia no Sanduíches do

Tio Benny, no centro da cidade. Ela deu um beijo de agradecimento nele, mas não comeu de imediato. Voltou a pintar, pois queria terminar logo os cantos.

Mikey Dois Ls sentou no chão do corredor enquanto ela pintava. Comeu uma banana e um sanduíche de almôndegas, bebeu limonada. Falou sobre seu amigo Aldrich, que passaria o verão na França, em um programa para jovens, e sobre um cara que ele conhecia que participaria de um programa da Outward Bound de aprendizagem ao ar livre.

Adelaide não contou a ele que tinha reprovado em cenografia. Não havia nem contado a ele sobre a advertência com risco de expulsão.

Mikey terminou de comer e jogou a embalagem branca engordurada dentro do saco de papel pardo.

Mikey disse:

— Eu queria falar uma coisa com você.

O quê?

Mikey limpou as mãos na calça jeans e disse:

— Pedi demissão do trabalho de jardinagem.

Mikey disse:

— Também larguei o trabalho de babá e disse à sra. Sakata que não ficaria hospedado na casa dela.

Mikey disse:

— Minha mãe me inscreveu em uma viagem de voluntariado. Quatro semanas em Porto Rico.

Mikey disse:

— As coisas estão diferentes entre nós.

Mikey disse:

— Estou bem triste, mas acho que acabou.

Mikey disse:

— Já faz um tempo que eu sabia que isso ia acontecer. Só que era difícil encarar.

Adelaide sentiu tontura e náuseas. Esticou a mão para se apoiar na parede, esquecendo da tinta.

— Ontem a gente ficou deitado junto na sua cama — ela disse, ouvindo a própria voz fina e trêmula. — Hoje você comprou um sanduíche para mim.

Ela disse:

— Por que você planejaria passar o verão aqui se sabia que isso estava para acontecer?

Ela disse:

— Ninguém simplesmente se desapaixona assim. Foi alguma coisa que eu fiz? Quando, exatamente, você deixou de me amar?

Ela conseguia perceber seu tom deplorável. A respiração estava histérica e rasa.

— Talvez nunca tenha sido amor — disse Mikey Dois Ls. — Talvez eu estivesse apaixonado pela ideia do amor. Talvez quisesse ser um namorado ideal. Quisesse te fazer feliz.

Ela disse:

— Você vai me deixar aqui sozinha. Tenho que passear com os cachorros. Não posso deixá-los aqui, sem ninguém.

Ela disse:

— Eu achei que você me amava porque você disse que amava.

Mikey disse:

— Eu sei. Me desculpe.

Mikey disse:

— Vou embora hoje à tarde.

Mikey disse:

— Espero que a gente possa ser amigos. Não quero te perder.

Mikey disse muitas coisas, as coisas que as pessoas dizem quando estão largando alguém e querem que não seja tão ruim.

Então ele disse:

— Eu ainda não amei ninguém. Não é culpa sua, Adelaide. Acho que você também nunca amou ninguém. Não deveríamos desperdiçar o verão aqui, mentindo para nós mesmos.

Adelaide tropeçou na lata de tinta quando ele disse a palavra *mentindo*. Estava descalça sobre um forro de plástico, em uma poça de Névoa Adriática e humilhação.

Como Mikey podia dizer a ela que nunca amou ninguém? Como podia dizer que nunca se amaram, se já tinham dito aquelas palavras em voz alta, no escuro e na luz clara do refeitório?

Ele estava roubando o primeiro amor dela, levando-o embora, quando havia sido uma boa história, a única boa história do ano na Alabaster, uma história que ela pensou que lembraria por toda a vida: a paixão por Mikey Dois Ls, simples e pura.

Mikey pegou a limonada, a mochila e o casaco de moletom que havia tirado.

— Sinto muito, Adelaide.

Atravessou o corredor da casa do pai dela e saiu pela porta.

Adelaide correu atrás dele, deixando um rastro de tinta.

Ela o alcançou no jardim, puxou-o e o beijou.

Ela o beijou com toda a sua alma triste. Pensou:

Este beijo vai

fazer ele mudar de ideia. Vai

fazer com que sinta

o que eu sei que sentia.

É um *gesto grandioso*, ela pensou. *Ele não pode me rejeitar se eu esti-*

ver descalça, coberta de tinta, no gramado, onde todos os professores da vizinhança podem ver.

O beijo vai atraí-lo.

Mikey correspondeu ao beijo, mas pareceu mecânico. Ela percebeu que ele queria que acabasse.

7

UMA ESPIRAL TERRÍVEL

Adelaide não aguentou limpar a tinta. Havia pegadas pelo corredor da casa do seu pai, continuando pelos degraus da entrada. Havia marcas de mão na porta, mas ela não se importava. Deixou o rolo na bandeja e os pincéis largados, ainda grudentos. Deixou os potes abertos. Nada disso parecia importar agora que Mikey havia deixado de amá-la.

Não importava quantos
artigos ela tinha lido sobre autoestima.
Não importava que
seus pais a amassem ou que Stacey ficasse ao seu lado, porque
a pessoa importante tinha lhe virado as costas, e
aquela era a pessoa para quem tinha mostrado o máximo de si.
Aquela era a pessoa com quem
tinha ficado nua.
Ela pensou nas semanas anteriores. Havia mil pistas que ela não tinha notado? Mikey se atrasou para encontrá-la uma vez. Demorou para responder a uma mensagem. Esteve ocupado durante algumas noites, estudando ou malhando ou se preparando para a exposição do clube de fotografia. Mas ti-

nha almoçado com ela. Tinha passado no quarto dela para lhe dar um beijo de boa-noite pouco antes do toque de recolher. Tinha ficado de mãos dadas com ela no show de encerramento do ano.

Adelaide saiu da casa de Levi ainda coberta de Névoa Adriática. Caminhou pelo campus, passou pelo ginásio, por alguns dormitórios, pelo refeitório, até chegar ao Bloco Wren.

Mikey devia estar lá dentro, em seu quarto, naquele momento. Fazendo suas coisas de Mikey Dois Ls e se sentindo aliviado, até mesmo espetacular, por estar livre de Adelaide Buchwald.

Ela queria ver Mikey de novo, naquele instante.

Ela queria pegar o

monte de merdas turbulentas e mal resolvidas que havia em sua cabeça,

a merda que era não ser amada e ser

rejeitada e traída,

a merda horrível que Mikey tinha arrumado para ela,

e queria

jogá-la na porta

dele. Ele abriria a

porta e ficaria chocado. Diria:

Essa é mesmo a merda que fiz se acumular na cabeça da menina que eu mais amo no mundo? Que merda terrível!

Ele cataria a merda com amor, literalmente a carregaria nos braços, e diria:

Ah, agora percebo. Fui eu que fiz essa merda ficar tão merdosa.

Essa merda é toda culpa minha, e

obrigado, Adelaide, por me mostrar essa merda, porque

assim eu me sinto um tanto quanto apaixonado, na verdade,

assim eu vejo que a merda dentro de você (que está aí por minha culpa) é mesmo imensa

(porque a merda seria do tamanho de um cesto de roupa suja), e ele diria:

A merda prova que você é uma pessoa profunda e bela, porque

só uma pessoa profunda teria tanta, mas tanta merda dentro de si como consequência de ter sido largada por mim.

Venha aqui, meu amor.

Vamos correr até o lago, onde vamos tirar a roupa e nadar pelados, lavar os terríveis cocôs de traição e infelicidade e nunca mais falar disso.

Vamos sair limpos, sortudos e recompostos.

Estou tão feliz por você ter me mostrado essa merda.

É claro que Adelaide sabia que não era aquilo que acontecia quando se aparecia na porta de alguém com um carregamento de merda.

Ela sabia disso, mas

subiu até lá mesmo assim.

O colega de quarto de Mikey atendeu quando ela bateu na porta.

— Dois Ls não está aqui. Ele foi almoçar com Sloane e Reed.

— Ele acabou de comer um sanduíche, Aldrich — Adelaide afirmou.

— Sei lá. Acho que ele estava a fim de comer mais.

— E ele não fez as malas.

— Sim, ele meio que fez. Por que você está suja de tinta?

— Você sabia que ele estava indo embora? — Adelaide empurrou o braço de Aldrich. — Sabia que ele estava indo para Porto Rico?

— Sou um espectador inocente, Buchwald — disse Aldrich. Era assim que ele sempre a chamava. Ela já tinha almoçado com Aldrich umas cem milhões de vezes. Tinha passado um fim de semana na casa de campo de seus pais, com Mikey e algumas outras pessoas. Tinha entrado na hidromassagem da família Nguyen e conversado com ele, dando força, sobre seu interesse por Tendai, que nunca nem olharia para ele.

— Você não é um espectador inocente. Devia ter me contado.

— Uau. Eu certamente não devia, não — disse Aldrich. — Não é da minha conta.

— Me deixa entrar no quarto.

— Não acho uma boa...

— Me deixa entrar no quarto, já falei.

— Está bem, pode entrar no quarto — disse Aldrich. — Divirta-se.

Adelaide entrou no quarto de Mikey e começou a olhar para suas caixas, que ficariam guardadas no depósito da Alabaster até o próximo ano escolar, e para suas malas, que ele levaria para casa. Seu equipamento de esgrima. Ainda havia alguns itens de higiene pessoal na escrivaninha, mas a maior parte de suas coisas estava de fato guardada. Seu laptop estava aberto e ligado na tomada.

Ela tinha passado tantas horas naquele espaço minúsculo, se sentindo sortuda por estar lá.

Nunca voltaria a estar ali. Aquele era o último momento.

Havia algo dela para recuperar? Um livro, uma blusa, até mesmo uma caixa de lenços?

Não havia nada.

As esculturas de Lego que tinha feito para Mikey não estavam lá. Também não estavam no lixo. Os pequenos desenhos que ela fazia para ele não estavam presos ao espelho, onde costumavam ficar. E não estavam na gaveta da mesinha de cabeceira, onde ele os guardava às vezes.

Ela havia sido apagada do quarto dele.

Adelaide procurou loucamente por alguma marca para deixar, alguma forma de ficar gravada na vida de Mikey. Ela poderia deixar a marca de sua mão, mas a tinta já estava seca. Poderia deixar um bilhete, mas não suportava a ideia de Mikey a pegar escrevendo, sentada na cama em que estiveram juntos no dia anterior.

Aldrich ficou na porta, olhando fixamente para ela.

Por fim, ela agarrou uma camiseta usada da equipe de esgrima da Alabaster e saiu do quarto.

8

A GEMA DE OVO ATORMENTADA

O quarto que Adelaide tinha compartilhado o semestre inteiro com Stacey S. agora estava uma bagunça inimaginável. Adelaide já havia se mudado para a casa de Levi para passar o verão, mas os pertences de Stacey estavam espalhados, alguns meio enfiados em sacos de lixo pretos.

Stacey tinha um modo de falar breve e mordaz e peitos bem pequenos. Seu estilo de roupa era centrado em calças jeans largas com muitos zíperes e camisetas justas de cores vibrantes, um desvio do padrão de vestimenta da Alabaster. Seu pai era um cara branco endinheirado de New Jersey que tinha descoberto a ioga com vinte e tantos anos e virado professor. A mãe era uma artista nascida no México que fazia peças de cerâmica. Eles tinham um retiro — uma espécie de pousada, mas com kombucha e cristais — a cerca de uma hora de distância da escola. Stacey trabalharia lá durante o verão, fazendo suco verde para as pessoas pela manhã e passando aspirador nos quartos no meio do dia.

Stacey estudava na Alabaster porque seu avô paterno tinha estudado lá e pagava as mensalidades, e não porque seus pais valorizavam esse tipo de coisa.

Stacey olhou para Adelaide.

— Aconteceu alguma coisa com Toby? — ela perguntou. Toby.

É claro que Stacey acharia isso.

— Não — Adelaide respondeu. — Mikey deixou de me amar.

— Eu tinha medo de que isso fosse acontecer.

— Ele me disse que nunca me amou e também que eu nunca amei ele.

Adelaide começou a chorar de novo.

— Ah, querida. — Stacey a abraçou. — Quer um refrigerante? Acha que pode ajudar?

— Preciso de lenços. — Adelaide fungou. — E, sim, quero um refrigerante.

— Vou pegar papel higiênico — Stacey disse.

Correu até o banheiro no fim do corredor e voltou.

Adelaide puxou uma enorme quantidade de papel do rolo e enfiou o rosto nele, sentando na cama de Stacey S.

— Como assim você tinha medo que isso fosse acontecer?

Stacey pegou uma lata de refrigerante no frigobar.

— Eu notei que tinha alguma coisa acontecendo.

— Como assim?

— Mikey é, tipo, todo afável. Ele é muito positivo em relação a tudo. Diz sim para as coisas mesmo quando não quer dizer sim de verdade.

Adelaide abriu a lata de refrigerante.

— Não fui eu que disse "vamos passar o verão juntos", foi ele.

— Ele é o cara que diz que vai fazer um projeto e não faz — disse Stacey S. — E é o cara que diz que vai a um lugar quando na verdade não pode ir, porque não quer decepcionar ninguém. Ele sempre diz sim, mas sem intenção verdadeira, e as pessoas são enganadas.

— Como você sabe disso?

— Pelo Tyler, da equipe de esgrima.

Adelaide fungou.

— Sério? Ele nunca fez nada assim comigo.

— Você era a prioridade. Mikey sempre colocou você acima das outras obrigações.

Era exatamente isso que Adelaide amava nele.

— Ele gosta da ideia de tudo ser ótimo mais do que gosta de enxergar o que realmente está diante dele — Stacey continuou. — É disso que não gosto em Mikey Dois Ls.

— Essa conversa não me deixou nem um pouco melhor — Adelaide confessou.

Elas sentaram no chão com os sacos de lixo ao redor, bebendo refrigerante. Cada uma encostada em uma cama de solteiro. Jogaram o jogo de tabuleiro *Trouble*, aquele em que se aperta uma pequena cúpula de plástico para lançar os dados. Apertar aquilo faz um ruído horrível. Cada vez que a cúpula pulava, o som parecia uma espécie de castigo que Adelaide merecia

por ter agido de forma deplorável quando Mikey terminou com ela, por

chorar e ficar toda inchada, por limpar o rosto com dedos de Névoa Adriática,

por aparecer no quarto dele e passar vergonha na frente de Aldrich,

por querer alguém que não a queria,

por passar o tempo todo triste e obcecada por Toby em segredo.

Ela tinha medo de que Toby tivesse outra recaída.

Que sua mãe ficasse arrasada.

Ela tinha medo do verão que se aproximava, do campus solitário.

— Você é boa demais para Mikey Dois Ls — afirmou Stacey S.

— Isso é o que sempre falam quando alguém toma um fora. É o que todo mundo fala.

— Mas é verdade.

— É como se ele já soubesse que só ficaríamos juntos até o fim do ano.

— O calendário escolar é um fator determinante em relacionamentos — explicou Stacey. — Lembra que eu fiquei com a Catelyn Um até o Dia de Ação de Graças? Daí você passa um tempo fora da escola, come um pouco de peru, fica se sentindo nojenta, vê uns filmes com seus parentes, sua casa toda fica cheirando a sopa de peru, você se sente mais nojenta, odeia todo mundo, e então pensa: *eu deveria estar feliz em voltar para a escola e encontrar minha bela namorada, mas agora nem quero mais namorar. A vida se resume a sopa e filmes e a se sentir horrível.* Você se dá conta de que a namorada não vai fazer você se sentir nem um pouquinho melhor com o recesso do Natal quase chegando, porque só vai vê-la por três semanas, então simplesmente termina com ela por mensagem, e é um alívio e tanto. Isso nunca aconteceria se não tivéssemos sido mandados para casa de quarta-feira a domingo para comemorar um feriado que envolve iniciativa colonialista, ferrar com os Wampanoag, gulodice e desperdício.

— Mas você já não gostava da Katelyn Dois?

— Eu gostava da Katelyn Dois, mas já gostava dela antes de começar a sair com Catelyn Um — esclareceu Stacey. — Eu não teria terminado com a Catelyn Um por causa da Katelyn Dois. Terminei com ela por causa do feriado de Ação de Graças e comecei a sair com a Katelyn Dois na véspera das férias de inverno, porque, de alguma forma, na última noite do semestre todo mundo se sente nostálgico e mais feliz com as outras pessoas, e você pensa: *agora vamos sair no frio e mergulhar em chocolate quente, bengalinhas de hortelã e nos parentes, e se eu nunca mais vir a gracinha da Katelyn Dois? E se ela for atropelada por um ônibus? E se eu for atropelada por um ônibus?* Então eu dei um beijo nela por causa das férias de inverno, e ficamos juntas até pouco antes do Dia de São Valentim, porque a data comemorativa e a festa idiota que faziam no Grande Salão colocaram pressão demais no nosso relacionamento. Foi por isso que ela terminou comigo cinco dias antes. Acho mesmo que, se não existisse Dia de São Valentim, eu ainda estaria com a Katelyn Dois. Droga.

— Você é boa demais para ela — Adelaide disse.

— É, mas ainda penso nela.

— O Dia de São Valentim não tem a ver com o calendário escolar.

— É, mas você entendeu o que eu quis dizer.

Stacey não havia namorado ninguém desde que Katelyn Dois terminou com ela.

— Algum dia vou deixar de me sentir destruída? — Adelaide perguntou. — Sinto que

desde que Mikey terminou comigo às 12h45,
e agora possivelmente pelo resto da vida, tem uma
membrana invisível
entre mim e o restante do mundo, e é uma
membrana feia, escorregadia e viscosa,
tipo uma gema de ovo, porém mais rígida, e
eu não vou conseguir atravessá-la.

Vou ficar presa, olhando pela membrana, para a vida lá fora, como uma terrível
gema de ovo atormentada.
— Uma membrana?
— Sim! — Adelaide gritou. — Eu sou uma
gema de ovo atormentada dentro de uma
membrana,
e o nome da
membrana
é Mikey terminou comigo.
— Você está pirando — disse Stacey S.

9

BACON É ALGO MUITO ESPECIAL

Na manhã seguinte ao dia em que eles foram nadar, Jack apareceu no cachorródromo. Estava segurando um saco de papel manchado de gordura.

— Café da manhã da lanchonete — ele disse. — Sobras. Achei que seus cachorros iam gostar.

Adelaide mal podia acreditar que ele tinha aparecido. Depois de ela ter ligado para o Mikey. Olhou dentro do saco.

— Sobraram quatro fatias de bacon?

— Certo. Estou mentindo. Fui eu que pedi essas fatias. Para você. É bacon para viagem, não sobras de bacon.

Os cachorros estavam interessados no saco. EllaBella sentou, dócil e educada. Todos os outros ficaram em volta em expectativa, ganindo.

Adelaide deu uma mordida no bacon.

— Preciso ver se não tem veneno.

Jack riu.

Ela distribuiu o bacon em pedaços pequenos. Os cachorros pegaram os pedaços das mãos dela com cuidado.

— Obrigada — ela disse para Jack depois que Coelha já tinha comido o saco de papel. — Bacon frio é um bom presente.

— Gosto de sofisticação.

Na manhã seguinte ao dia em que eles foram nadar, Jack apareceu no cachorródromo. Estava segurando um saco de papel manchado de gordura.

— Café da manhã da lanchonete — ele disse. — Sobras. Achei que seus cachorros iam gostar.

— Que fofo — disse Adelaide.

Ela estava pensando em Mikey Dois Ls. Em como preferiu falar com ele ao telefone a conversar com Jack, mesmo depois de passarem o dia nadando. Em como sentia falta dele. A voz dele em seu ouvido, dizendo que estava nervoso por pegar o avião sozinho, preocupado com seu espanhol, com medo de não ter feito as malas direito — ele tinha mandado mensagem para *ela*. Ela ainda era a pessoa que ele procurava.

Ela segurava o saco de bacon gorduroso de Jack enquanto os cachorros esperavam à sua volta. Ele estava extremamente lindo no dia anterior, mas parecia comum agora. Apenas um menino bonitinho, com um andar incomum e um jeito desencanado. Nada em comparação à energia e à dedicação de Mikey.

Mikey precisava dela. Tinha sentido sua falta. E Adelaide sempre o amaria.

Na manhã seguinte ao dia em que eles foram nadar, Jack apareceu no cachorródromo. Estava segurando um saco de papel manchado de gordura.

— Café da manhã da lanchonete — ele disse. — Sobras. Achei que seus cachorros iam gostar.

— Que fofo — disse Adelaide.

— Eu queria me desculpar — disse Jack.

— Por quê?

— Eu... Eu te chamei para sair ontem, e, sabe, acho que foi superdivertido. Mas, quando você atendeu aquela ligação, eu percebi...

— Eu não deveria ter atendido — Adelaide interrompeu. — Foi grosseiro. Me desculpe.

— Não é isso. Eu percebi que não deveria estar ali. Comendo taco. Com você.

— Por que não?

— Eu estou com uma pessoa — disse Jack. — É algo novo. Começou há poucas semanas. Mas acho que é... bem... é alguma coisa. Eu não deveria ter me distraído. Quer dizer, você é uma grande distração.

— Eu sou. — Adelaide se obrigou a dizer aquilo com alegria.

— É. E eu fui meio cretino de levar você para nadar não estando descomprometido de verdade.

— Sim, foi mesmo — ela disse. — Mas obrigada por avisar.

— A qual lanchonete você foi?

— Aquela na Fremont. Fui tomar café da manhã às seis. Não conseguia dormir.

Ele olhou para a garrafa de água no banco.

— Você se importa?

— Pode tomar.

Ele bebeu um gole.

Adelaide queria pular em cima dele por ter trazido bacon para ela.

Talvez se ela simplesmente pulasse nele enquanto estivesse sentado no banco do parque, Jack ficaria achando: *Ah, isso, vamos dar uns beijos. Foi por isso mesmo que eu trouxe o bacon — para te convencer a me dar uns beijos.*

Ele poderia, sim, fazer isso. Estava olhando para ela com o olhar de um menino que tinha se dado ao trabalho de levar a uma menina um excelente e gorduroso presente.

— Eu namorava um cara, Mikey Dois Ls — ela contou a Jack. — Ele partiu meu coração de repente. Por isso eu comecei a chorar naquele dia.

— Quando foi isso?

— Semana passada.

— Você odeia ele para sempre? Devo iniciar uma campanha para vingar sua alma ferida?

— Eu só acho que ainda não superei — Adelaide confessou. — Gosto tanto de você, mas acho que posso não ter superado.

— O bacon não precisa significar nada especial. É só um derivado de porco.

— Só estou dizendo — ela disse a ele — que as pessoas fazem amizade comigo porque acham que sou

feliz. Nem sei bem por que acham que sou

feliz, mas acham. Eu me distraio, e

dou risada, e

ligo alguma coisa dentro de mim que me torna, não sei, divertida.

E eu só... só quero que saiba de antemão que estou fazendo

propaganda enganosa.

Não é minha intenção,

mas é o que eu faço. Eu tenho, tipo, essa

angústia enorme dentro de mim que é mesmo muito, muito repulsiva, e tem a ver com meu
coração ter sido partido de repente, mas também com meu irmão, que é problemático além da conta.
— Eu não achei que você parecia feliz — contou Jack.
— Ah, não?
— Não. Achei que parecia interessante.
Adelaide não soube o que responder.
— Gosto de ouvir você falar — Jack continuou. — Você é surpreendente. — Ele estendeu a mão.
Quando ela deu a mão para ele, Jack
puxou-a para perto, rápido, e eles
cambalearam um pouco. Aparentemente sua perna dificultava o equilíbrio, e ele meio que
capturou sua boca com a dele, e o beijo foi tão
intenso, e tão
doce que Adelaide sentiu que poderia
desmaiar de
felicidade.

— Bacon é algo muito especial — disse Stacey S. ao telefone. — Mas não é nenhuma bicicleta. E a bicicleta também acabou perdendo a importância, no fim das contas. Mas tenho certeza que Mikey teve boas intenções na época.

— Não quero falar sobre a bicicleta. — Adelaide estava sentada na entrada da casa de EllaBella, acariciando o pescoço peludo da cachorra.

— Tá bom, Adelaide, mas você não quer falar sobre várias coisas. E mesmo assim está me ligando. — Adelaide ouvia o zunido do liquidificador de Stacey ao fundo.

— O que eu faço?

— Acho que você não deveria sair com ninguém logo depois de ter terminado com Mikey. Acho que deveria focar em si mesma. — O liquidificador parou.

— Mas com Jack eu sinto coisas que levei meses para sentir com Mikey. Ele é... sei lá, espetacular. Necessário.

— Quer que eu veja se meus pais deixam você vir para cá fazer ioga? — perguntou Stacey. — Estou bebendo couve neste momento. Até que é bom, por incrível que pareça. Leva abacaxi também. Esse é o segredo. Se tiver abacaxi suficiente em um suco verde, pode colocar até, tipo, cocô de cachorro que ninguém vai notar.

— Eca.

— Você teria que dormir em um colchão inflável no chão, mas provavelmente poderia fazer umas aulas de ioga. E tomar suco verde e conhecer a Camilla. Isso vai te ajudar a superar o Mikey. — Stacey e sua ex-namorada, Camilla, tinham voltado a namorar.

— Eu já superei Mikey completamente — disse Adelaide.

— Você não superou Mikey. Escuta o que estou te dizendo. O que você teve com Mikey foi muito importante.

— Eu já *esqueci* ele.

— *Não esqueci Mikey* está escrito em tudo o que você está dizendo nessa ligação.

— A questão, mais precisamente — disse Adelaide —, é como posso conduzir esse novo relacionamento
ou possível relacionamento
de uma forma diferente, melhor, para que
eu não fique triste em segredo
nem me torne uma pessoa impossível de amar, mas seja a

personificação de uma versão incrível e plena de mim mesma
e dessa forma consiga o que quero, considerando que
o que eu quero é
Jack?

— Além de vir para cá e tomar suco verde? Porque isso te deixaria plena.

— Não posso deixar os cachorros sozinhos. E, sim, além do que você está propondo.

— Não sei — disse Stacey. — Acho que você é adorável e Mikey Dois Ls não é tão legal assim. É minha opinião.

10

AS ATRAÇÕES DA TRAGÉDIA

Aquela tarde, Sunny Kaspian-Lee convocou Adelaide ao estúdio onde dava aulas para conversar sobre o projeto que faltava. Uma parte da sala abrigava quatro máquinas de costura e araras de roupas — figurino de produções passadas. Havia um armário cheio de tecidos e objetos cênicos. Do outro lado, havia mesas altas cercadas de banquetas. Ventiladores quadrados sujos zuniam do chão em vários cantos, fazendo o ar circular.

Kaspian-Lee estava sentada a uma das mesas pequenas. Usava um vestido cinza de corte peculiar, além de um par de sapatilhas de bico fino que faziam seus pés parecerem apertados e lhe davam um ar bruxesco. Ela não disse "oi".

— Preciso que me entregue esse projeto, Adelaide Buchwald. Se não entregar, vou ter que te reprovar.

— Eu sei. Me desculpe.

— Não quero te reprovar. Sou uma professora legal. Quero te ensinar. Mas você se esforçou muito pouco até agora, e se eu não fosse amiga do seu pai, estaria te reprovando como qualquer outro aluno mimado que não dá a mínima para a minha aula.

— Fiquei com a cabeça muito cheia durante o semestre.

— Não importa, sinto informar. Você precisa se dedicar mesmo assim.

— Eu vou me dedicar.

— Preciso do trabalho sobre *Loucos para amar* até dia dez de agosto. Depois disso, meu amante, Docinho e eu vamos para o litoral. — Kaspian-Lee entregou a ela um papel impresso sobre o trabalho.

— Meu problema é o quarto de hotel — disse Adelaide. — Quando vi a maquete dos outros, notei que só fizeram, sei lá, isso. Quartos de hotel baratos. Pareciam todos iguais.

— Não foi por isso que você não fez o trabalho.

Adelaide sentiu o rosto corar.

— Não, não foi.

— Os alunos fizeram algumas coisas interessantes — afirmou Kaspian-Lee. — Preste atenção. Eu escolho essa peça porque ela se passa em um único cenário. É um bom projeto básico. No entanto, *Loucos para amar* não é uma peça naturalista. Leia a peça, Adelaide Buchwald. Eu sei que você não leu.

Adelaide olhou para o chão.

— O que acontece nessa peça não é vida cotidiana.

— Está bem — disse Adelaide.

— Certo. Agora que já ouviu seu sermão, aqui está a chave do prédio e da sala de aula. Assim você pode trabalhar aqui, onde ficam os materiais. — Kaspian-Lee pegou a bolsa na mesa e seguiu para a porta.

— Espera — chamou Adelaide. — Aquele garoto, Jack, ainda está levando a Docinho para passear? — O simples fato de dizer o nome dele parecia imenso. Ela tinha passado o dia todo pensando nele.

— Ele me disse que encontrou com você. No cachorródromo.

O coração de Adelaide acelerou.

— Ele está passeando sempre com ela?

— Não, nem sempre — respondeu Kaspian-Lee. — Eu peço para o meu amante, Martin Schlegel, passear com ela. Estou tentando fazer o sr. Schlegel gostar de cachorros, sabe. — Ela suspirou. — É uma batalha. Docinho rosna para ele e solta pum na cozinha. Martin fica bastante incomodado com ambos os comportamentos.

— Está — respondeu Kaspian-Lee. — Gosto de chamar pessoas bonitas para fazerem serviços para mim.

— O quê?

— Não fique tão surpresa. Homens héteros apreciam belas garçonetes e enfermeiras há séculos. — Ela pendurou a bolsa no ombro e foi para a porta. — Não se preocupe, Adelaide Buchwald — disse ao sair. — Apenas construa a maquete, faça jus à peça e seja aprovada nessa matéria. Não é muito difícil, de verdade.

— Jack não está mais passeando com ela. Ele não é um passeador responsável para Docinho.

— O que aconteceu?

— Ele deu biscoito canino para ela. Ela não pode comer essas coisas. Nem sei por que ele tinha biscoitos.

— Que pena — disse Adelaide.

— Pois é — disse Kaspian-Lee. — Ela teve uns problemas digestivos horríveis.

Na verdade, Adelaide é que tinha dado os biscoitos a Docinho. Jack mentiu para protegê-la.

— Eu interagi muito pouco com Jack — respondeu Kaspian-Lee. — Não tenho nada a ver com isso. Não fale dele para o sr. Schlegel.

— Como assim?

A professora acendeu um cigarro, mesmo não sendo permitido fumar no prédio. Abriu uma gaveta e pegou um cinzeiro.

— Por que você acha ele bonito? — perguntou Kaspian-Lee. — Me conte.

— Eu não disse que ele era bonito.

— Qualquer um diria que ele é bonito. O que estou perguntando é: por quê?

— Sei lá — disse Adelaide. — Seus traços são simétricos?

— Não.

— Seus olhos são separados?

— Muita gente tem olhos distantes ou traços simétricos. O que aconteceu com a perna do Jack?

— Ele nasceu assim.

— Mas ainda existe uma história. Ele fez cirurgias. A questão é: nós queremos saber. Mas não é educado perguntar. Então existe uma tensão. E não é só a perna e as cicatrizes, mas também a mãe morta, o tempo que passou na Espanha. Tem o cheiro da tragédia e da experiência. Tragédia é algo atraente.

— Não acho nem um pouco atraente — Adelaide declarou com firmeza. — A tragédia faz as pessoas serem tristes e detestáveis compulsivamente. É como uma mancha de sujeira.

— Isso não é verdade. É atraente no seu pai, por exemplo. As dificuldades com seu irmão. Isso deixa as pessoas interessadas. A tragédia...

Atraente no seu pai.

— A tragédia é o auge da experiência humana — Kaspian-Lee continuou. — Não quer dizer que queiramos vivenciá-la, mas gostamos muito de pensar na tragédia. Foi por isso que Shakespeare escreveu tragédias, e também os gregos. É por isso que gostamos de *Loucos para amar*. O romance condenado.

— Acho que não deveríamos falar sobre a beleza dos alunos — Adelaide disse a Kaspian-Lee. — Ou sobre meu pai ser ou não atraente.

— Jack não é meu aluno. Ele ainda não está matriculado na Alabaster.

— Ele é menor de idade.

— Ah, mas você está sendo muito antiquada. Não vou tocar no menino nem perturbá-lo de forma alguma. E mal vou me preocupar com seu pai. Ele é feliz no casamento e eu tenho Martin Schlegel. — Kaspian-Lee apagou o cigarro. — Estou dizendo isso tudo como artista e como ser humano. Você se agarra a tudo com muita força em seu corpo. Sabia disso? Não me surpreenderia nada se isso te deixasse doente um dia. Relaxe, Adelaide.

E, com isso, ela saiu da sala.

11

NÃO ESTOU TENTANDO TRANSFORMAR VOCÊ EM ALGO QUE VOCÊ NÃO É

Em agosto, Toby havia voltado à casa de Baltimore três noites antes de Adelaide partir para a Alabaster. Ele ia repetir o nono ano aos quinze anos, na escola de que Adelaide estava saindo. Ainda tinha que seguir o programa para dependentes em recuperação toda semana: grupo de apoio, padrinho, terapeuta.

Adelaide já tinha visto Toby desde que ele se mudara para a Casa Futuro, é claro. Ele passava alguns fins de semana em casa. Mas eles não se conheciam mais. Não jogavam *Unstable Unicorns* nem inventavam sequências de xingamentos ou perturbavam os pais juntos. Nada disso.

Toby ficaria com o quarto de Adelaide. Ela e a mãe tinham deixado tudo arrumado. Rebecca tricotou uma manta de lã para ele. Adelaide tirou seus pôsteres e desenhos, mas deixou a coleção de cactos. Rebecca arrumou a cama com os antigos lençóis azuis de Toby.

Quando chegaram da Casa Futuro, Levi e Toby se ocuparam de descarregar as coisas do carro e levar para o andar de cima. Adelaide deu um abraço desajeitado em Toby. Ele estava com cheiro do refrigerante que devia ter tomado no carro.

Ainda não sabia se barbear. Estava mais gordo que da última vez em que ela o vira, resultado de um medicamento novo.

Ela mostrou o quarto redecorado e explicou como cuidar da coleção de cactos.

— São seus agora — disse. — Achei que te ajudariam a se sentir em casa.

Ele agradeceu, mas não pareceu ter gostado de verdade. Adelaide esperou ele notar a velha caixa de peças de Lego e a fileira de paisagens novas que ela havia montado e ainda estavam no alto da estante.

Toby não pareceu ter visto.

Uma hora depois, quando ele estava no andar de baixo, Adelaide voltou ao quarto. Pegou a caixa de Lego e colocou na garagem, onde as coisas que ela levaria para a Alabaster aguardavam para serem colocadas no carro do seu pai.

Então tá. Ela ia ficar com o Lego.

Toby tinha um celular novo e passou o restante do dia mexendo no aparelho, instalando jogos e configurando. Tomou um banho demorado e foi jantar de cabelos molhados. Não falou muito durante a refeição.

Na noite anterior à partida para a Alabaster, a mãe dela preparou lasanha e o pai fez bolo de gengibre. Adelaide já havia guardado todas as suas coisas, mas não conseguia dormir, então ela e Toby acabaram ficando acordados depois que seus pais foram deitar. Ela passaria a noite no sofá-cama da sala.

— Quer ver um filme? — ela perguntou.

Toby estava olhando fixamente para o celular, jogando *Plantas vs Zumbis*.

— Tá, pode ser.

Ela abriu o laptop. Eles sentaram na cozinha. Ela escolheu *A identidade Bourne*, um filme de ação, e Toby falou que tudo bem.

Adelaide limpou as migalhas da mesa da cozinha.

E levantou para fazer uma torrada.

E para colocar mel no pão.

E para guardar o pão.

Ela não conseguia ficar parada, pois partiria para o internato no dia seguinte. E porque era estranho ter Toby ao seu lado. Ela ficava conferindo se ele ia rir ou fazer algum comentário sobre o filme.

Mas nada.

Ela perguntou:

— Você viu muitos filmes na Casa Futuro?

Ele deu de ombros.

— Alguns.

— Quais? Gostou de algum?

— Nenhum em especial.

— Eu me matriculei em uma matéria chamada direção de arte na Alabaster — ela comentou. — Então comecei a pensar sobre isso sempre que assisto a um filme. Sabe? Estava pensando que nos filmes a estética é quase sempre

realista. Ou

naturalista, foi o que eu quis dizer.

Parece vida real. Os carros na tela parecem

carros de verdade em uma

rua de verdade. A luz deve parecer natural. Mas, em uma peça, é possível fazer uma

alusão. Você pode aludir a uma rua. Pode ser

abstrato.

Toby ainda estava olhando para a tela do computador.

— No teatro — Adelaide continuou, querendo que ele entendesse por que ela achava aquilo tão interessante — seu público não espera que as coisas pareçam tão

reais. Tipo, não dá para ter um carro

real no palco, não é? Então no lugar dele se cria algo obviamente artificial. Apenas se
cria a sensação. E talvez aquilo que você criou, em vez de parecer real, pareça
verdadeiro. Talvez
mais verdadeiro do que o real. Faz sentido?

— Aham. Faz, sim.

— Entende o que eu quero dizer?

— Entendo, Adelaide. Eu entendi, tá bom?

— Desculpe. — Ela sabia que estava falando demais, e sabia que eles estavam vendo *A identidade Bourne*, mas queria que Toby entendesse.

Ele ainda estava olhando para a tela.

Será que estava ouvindo?

Será que não se importava?

Por fim, ela estourou.

— Olha, você precisa aprender a se barbear. O papai precisa te ensinar.

— O quê?

Ela disse:

— Antes de ir para a escola. Aprende a se barbear de verdade. Esse seu bigode está horrível.

Ela disse:

— Quer dizer... não que você tenha que seguir as ideias alheias sobre sua aparência. Você não tem que fazer nada. Não deveria. Não é obrigatório se barbear.

Ela disse:

— Desculpe, eu estava sendo idiota. Ou insensível. Sei lá. Eu só... Sua aparência não é da minha conta. Desculpa. Desculpa eu ter me metido.

Adelaide se sentiu em uma mistura turbulenta de desespero, fúria e amor.

— Vou embora amanhã — ela afirmou. — Não quero que uma estupidez horrível a respeito do seu bigode seja nossa última conversa. Não estou tentando transformar você em algo que você não é.

Ela sabia, porém, que não era bem verdade. Seria bom se Toby ficasse

definitiva e permanentemente sóbrio, e

seria bom se ele

parecesse recuperado e fosse

feliz e

fizesse piadas e apenas

fosse o Toby de antigamente, em vez desse novo, terrível, fechado e atormentado Toby.

Mas parecia ser a coisa certa a dizer.

— Eu amo você e o seu bigode — ela disse. Era verdade, por mais estranho que parecesse. — Desculpa se sou uma péssima irmã.

Toby passou o dedo nos pelos ralos.

— Para ser sincero, eu nem tinha notado — ele disse, por fim. — Ando vivendo dentro da minha cabeça, sem olhar no espelho.

Ele levantou e foi se olhar no banheiro. Houve uma longa pausa.

— É viril — ele disse.

Ela foi atrás e olhou no espelho também.

— Não acha? — Toby perguntou. — Fico com cara daqueles cantores de folk que pegam todo mundo. Tipo, o cara que leva o violão para as festas e fica dedilhando no canto. E as meninas chegam, todas dando em cima. É um ótimo visual, Adelaide.

— Toby.

— O que foi? Você disse que me ama e ama o meu bigode. Você acabou de dizer.

Ele sorriu. Se olhando no espelho.

— Seu bigode é horroroso — ela disse. — Mas se você tem orgulho dele e quer ficar parecendo um cantor de folk, eu te apoio e apoio seu senso estético maluco. — *Eu te apoio* era uma coisa que os pais deles diziam muito, desde que haviam iniciado a terapia familiar.

— Obrigado — Toby disse, envaidecido. — Pretendo arrasar com esse visual no nono ano.

Ele se virou e voltou para a cozinha. Abriu a geladeira e pegou uma água com gás.

— Estou brincando — ele confessou depois, enquanto se jogava de volta na cadeira.

— Ai, ainda bem.

Eles assistiram ao restante do filme. Adelaide pegou no sono com a cabeça apoiada na mesa. Quando acordou, Toby já tinha ido para a cama.

Na manhã seguinte, Adelaide e Levi partiram para a Alabaster, ouvindo podcasts no carro. Adelaide iniciou o penúltimo ano do ensino médio.

Ela jogou ultimate frisbee e foi a apresentações de música à capela. Fez amizade com Stacey Shurman. Conheceu Mikey Lewis Lieu e se apaixonou.

E, em novembro, Toby teve uma recaída.

Sim.
Todo o trabalho,
a angústia,
o dinheiro,
a terapia,
as rugas no rosto de sua mãe,
os sete quilos a mais na silhueta de seu pai,
e ele teve uma recaída. A mãe notou que Toby estava alterado uma noite. Ela simplesmente soube, de repente, por seu modo de andar quando ele levantou do sofá. Rebecca perguntou diretamente:

— Você tomou alguma coisa?
— Não.
— Tomou?
— Não tem problema — ele disse a ela. — Está tudo sob controle.

Como ele podia achar que estava tudo sob controle? Depois de toda a terapia, o grupo de apoio e a moradia para dependentes químicos em recuperação, como ele podia dizer uma coisa dessas?

Rebecca ligou para Levi aquela noite, e Levi esperou por Adelaide em frente ao Bloco Wren pela manhã, usando um casaco de lã e um gorro puxado até as sobrancelhas, lágrimas escorrendo pelo rosto. Ele abraçou Adelaide e deu a notícia aos prantos. Depois disse a ela que ficaria tudo bem. Que eles fariam ficar tudo bem. Que Toby daria um jeito de ficar bem.

Adelaide sabia que o pai estava mentindo. Como ele poderia saber? Era impossível saber.

Levi a deixou na escola. Foi de carro até Baltimore, sete horas na chuva e, juntos, ele e Rebecca conseguiram fazer Toby voltar para Kingsmont na semana seguinte.

Adelaide contou a Stacey S., mas não contou a Mikey. Não queria sobrecarregar seu primeiro amor com a sua infelicidade familiar. Com Mikey, ela queria ser uma menina radiante e alegre.

Então ela se tornou mais radiante, mais alegre, sempre que ele estava por perto. E, quando ele não estava, ela pensava constantemente em Toby. Essa frase se repetia sem parar dentro de seu crânio: *meu irmão caçula é um viciado.*

Toby ainda estava em Kingsmont quando Adelaide foi passar as férias de inverno em casa. Ela dormiu em seu antigo quarto, que agora era o quarto dele, sabendo que ele provavelmente havia usado drogas ali dentro. Andou pelo cômodo e chutou coisas que pertenciam a ele. O quarto parecia contaminado, mesmo depois que Rebecca o limpou e colocou a velha colcha de Adelaide na cama estreita.

Depois de um tempo, Toby terminou o programa de reabilitação de Kingsmont e voltou a morar na Casa Futuro por um período.

Os Buchwald estavam botando fé nessa segunda passagem pela reabilitação. Toby se livraria das drogas de vez, eles disseram. Ele tinha capacidade de fazer isso, e queria. A recaída foi um contratempo. Muitos dependentes tinham contratempos e ainda assim no geral continuavam avançando, rumo à recuperação. A jornada nunca seria fácil.

Mas Adelaide não tinha mais fé.

Toby voltou para casa de novo em abril, mas ela resolveu não ir para lá nas férias de primavera. Estava muito indignada, furiosa e assustada para sequer tentar falar com Toby. Preferiu ir para a casa de Mikey.

Na casa dos Lieu, as pessoas comiam damascos frescos no café da manhã e se reuniam à noite para assistir a programas de competição culinária. Ninguém era drogado. As pessoas eram normais e gostavam umas das outras; gostavam de Adelaide também. Às vezes, eles iam ao shopping à tarde, para resolver alguma coisa ou comprar café. Adelaide visitou a escola em que Mikey estudou quando criança. Caminhava na praia com ele à noite.

Eles encontraram o balanço que ele adorava quando pequeno. Mikey beijou Adelaide no balanço, e ela se sentiu zonza e sem equilíbrio, com o som do mar nos ouvidos.

PARTE II

12

COMEÇA COM CACHORROS

Na noite após Jack ter lhe dado o bacon de presente, Adelaide voltou ao cachorródromo com os cães. O Grande Deus Pã se aproximou, balançando o rabo. *Você estava beijando Jack de manhã! Eu vi.*

EllaBella chegou e se esparramou no chão. *Eu te amo, Adelaide.*

Coelha perguntou: *Pode jogar um graveto para mim?*

Então Adelaide jogou o graveto.

Pretzel pediu: *Pode me dar um petisco?*

E ela deu um petisco a cada cachorro.

Cansada de ouvir podcasts, Adelaide tirou fotos dos cachorros com o celular.

Uma de cada um. De frente. Ela ficou fazendo barulhos estridentes e chamando a atenção deles até olharem para a lente.

Ela imaginou que poderia tentar se aproximar um pouco mais de seu irmão. Os dois trocavam mensagens de vez em quando, agora que Toby podia usar o celular de novo. Adelaide escrevia "Feliz primeiro dia de primavera!" ou "Boa sorte nas provas finais!". E Toby respondia com o emoji do polegar para cima.

O polegar só deixava Adelaide triste.

Ela editou os retratos dos cachorros. Recortou. Aplicou uns filtros. Depois enviou para Toby.

Ela escreveu:

> Estou saindo com esses caras.
> Está com inveja?

Uma hora depois, ele respondeu com o emoji do polegar para cima.

Ela escreveu:

> Estou saindo com esses caras.
> Está com inveja?

Ele não respondeu.
Ela mandou a mesma
coisa para Jack.

> Estou saindo com esses caras.
> Está com inveja?

Ele também não respondeu.

Ela mandou as fotos para Toby:

Estou saindo com esses caras.

Ela respondeu de imediato:

Estou com inveja.

Ela mandou as fotos para Toby.
Escreveu:

Estou com saudade, maninho.

Ela quase apagou.
Ela quase não enviou.
Mas aí mandou.
Ele respondeu:

Também estou com saudade,
Adelaide.

13

O INTERIOR DE UMA MENTE FEITA DE ESPELHOS

Jack não apareceu no cachorródromo no dia seguinte. Nem no próximo. Nem no depois.

Também não respondeu a nenhuma mensagem.

— Então ele não quer nada com você — disse Stacey S. em uma ligação por vídeo.

— Mas ele me deu bacon especial e depois me beijou.

— Está tudo bem, Adelaide. Nem todo mundo vai gostar de você. Eu me lembro de quando ele estudava aqui. Era bem baixinho na época. Está mais alto agora?

— Ele é maravilhosamente alto. Bem, tem estatura mediana. Por que alguém beijaria uma pessoa e depois desapareceria?

— Eu beijei Tendai e desapareci.

— Ah, é. Tinha esquecido disso.

— Cheguei a me esconder dela no armário de limpeza uma vez — continuou Stacey. — Eu vi ela virando o corredor e simplesmente me enfiei lá, bem cretina. Mas não dava para desaparecer de vez, porque estávamos no meio do ano escolar. Fazíamos algumas matérias juntas e tudo. Mas eu parei de olhar nos olhos dela, não falei mais com ela, evitei todos os grupos em que ela estava e essas coisas.

— Mas por quê?

— O beijo foi, tipo, um impulso — disse Stacey S. — Estávamos em um encontro da equipe de atletismo. Ela tinha feito todo mundo comer poeira nos quatrocentos metros rasos e parecia mágica quando estava correndo. Acho que me sinto atraída por pessoas que são muito boas em alguma coisa, sabe? Talento. Ou talvez eu esteja falando de habilidade.

Stacey enfiou um punhado de castanhas-de-caju na boca.

— A gente estava no ônibus, voltando para casa, e acabamos sentando uma do lado da outra. Então conversamos. Depois fomos caminhando para o Bloco Wren. A noite estava bonita e, para ser sincera, acho que beijei sua vitória na pista, e não ela. Daí, no dia seguinte, quando a vi no refeitório esquentando um pãozinho, logo pensei: não, não, não.

— Ela não fez nada de errado?

— Ela estava apenas agindo normalmente. Sei lá, passando geleia no pão. E eu simplesmente desisti de comer e fui direto para a sala de aula para não ter que falar com ela.

— Ela ficou chateada?

— Sim, acho que ficou. Mas não dava. Eu perdi totalmente o interesse.

— Mas você deveria ter falado com ela, Stacey.

— É. Bem, eu me sinto culpada.

— Acha que Jack estava beijando minha vitória metafórica na pista?

— Pode ser. Você teve uma vitória metafórica?

— Não. Na verdade, surtei por causa do Mikey.

— Talvez ele seja do tipo que gosta de um desafio. Gostava mais de você quando achava que estava fora de alcance.

— Ai, eca.

— Algumas pessoas são assim. Ou pode ser que ele goste de meninas perturbadas, aí percebeu que você ainda é uma pessoa funcional e deu o fora para procurar alguém mais mentalmente instável.

— Eu sou perturbada.

— Não diga isso como se fosse uma coisa positiva. Que horror.

— Está bem.

— Você não é tão perturbada assim, Adelaide. Você é uma boa amiga, é leal. Além disso, teve um relacionamento de sete meses com Mikey Dois Ls, que é supermaduro em comparação à maioria das pessoas que conhecemos.

— Sete meses e *meio*. Eu e Mikey.

— Gente que glamoriza pessoas perturbadas é péssima. Se Jack é desse tipo, é melhor nem querer nada com ele mesmo.

— Não gostei de nenhuma dessas respostas — disse Adelaide. — Prefiro pensar que ele foi atropelado por um ônibus, e por isso desapareceu.

— Sim! — exclamou Stacey. — Vamos esperar que seja isso.

Quando os dias sem Jack se transformaram em uma semana, e depois em mais outra semana, Adelaide começou a voltar a dormir até tarde, depois de passear com os cachorros. Ela cochilava de camiseta e calcinha, com o ventilador soprando nas pernas sob o lençol fino. Podia sentir o café que havia tomado pela manhã ainda correndo pelas veias, mas mergulhava no sono com alívio e gratidão.

No museu Fábrica, em um dos prédios isolados, havia uma nova exposição de uma instalação de uma artista chamada Caroline Ximenes, intitulada "Onde você está é perto de onde você está". Adelaide foi com Levi um sábado à tarde.

Entrando na exposição, percorria-se um longo corredor de piso preto e espelhos nas duas paredes. O pé-direito era muito alto. Dava para se ver refletido inúmeras vezes. Os espelhos estavam decorados com pisca-piscas. Lâmpadas minúsculas em fios verdes. As luzes também se refletiam; luzes e luzes e ainda mais luzes.

Passando por uma porta, chegava-se a uma sacada que dava para um
    espaço que
    se estendia
    abaixo e acima.
    Havia escadarias para subir e descer. Havia
    espelhos no
    teto e no chão.
    A mobília estava pregada às paredes, toda ela
    pintada de dourado.
    A mobília dourada
    refletia-se nos
    espelhos das paredes e nos
    espelhos do teto.
    A parte de baixo das
    escadarias parecia uma
    escadaria também.

Adelaide mergulhou nessa exposição. Havia algo ali, algo sobre sua
    própria vida que ela não conseguia pôr em palavras. De repente, ela não sabia
    onde estava o chão nem
    onde estavam as paredes.

As repetições no reflexo não deixavam saída.
Não era um cômodo do qual se podia entrar ou sair.
Era o interior de uma mente, ao mesmo tempo
infinita e
fadada à repetição.
Talvez a ideia fosse essa.

Depois de verem a exposição, Adelaide e Levi almoçaram juntos no café da Fábrica. Adelaide pediu um sanduíche de cream cheese no pão de tâmara e nozes. Levi tomou café preto, comeu uma salada de espinafre e um pedaço de bolo de especiarias.

— A sra. Kaspian-Lee é meio esquisita — disse Adelaide. — Ela fica falando do amante dela. E do quanto as pessoas são atraentes. Para mim.

— Ah, nossa, algumas pessoas são assim mesmo — comentou Levi.

— Assim como?

— Sem limites, narcisistas.

— Ela não é sua amiga?

— Acho que ela é inteligente. Ela se preocupa com o teatro, com a escola, e conta boas histórias. Mas tem um namorado péssimo. E me irrita. Por favor, não comente isso com ninguém.

— O sr. Schlegel é péssimo?

— É. Bem, um pouco péssimo. Não do tipo perigoso.

— Você tem algum amigo de verdade? — Adelaide perguntou. — Aqui na Alabaster?

— Talvez — Levi respondeu, coçando o queixo. — Eu gosto do Jeffrey, chefe do setor de admissões. Joguei tênis com ele algumas vezes. E acho os outros professores de teatro divertidos. Mas são um grupinho fechado. E não fica ninguém por aqui no verão.

— Você está se sentindo sozinho?

Levi fez que sim.

— Eu deveria tentar fazer alguns amigos de verdade, não é? Já que vamos passar pelo menos mais um ano aqui. Talvez mais. A mamãe e Toby poderiam vir morar aqui depois. Se Toby conseguir, você sabe, vir estudar aqui.

— Seria bom fazer amigos — afirmou Adelaide.

— Posso começar com um — disse Levi. — Um seria um bom projeto inicial.

Adelaide finalmente leu *Loucos para amar*. Levou só duas horas. A peça era muito triste e estranha. Era sobre um casal, May e Eddie, que se apaixona no colégio e depois acaba se separando por bons motivos — motivos perturbadores —, mas agora não conseguem parar de se rondar, um desejando o outro. Um torturando o outro.

Ela começou pesquisando na internet cenários produzidos por profissionais.

Um quarto de hotel delimitado por uma placa de neon.

Um quarto de hotel com o teto e as paredes destruídos.

A cama de um lado do palco.

A cama do outro lado.

A cama no centro.

O quarto com uma das paredes rasgada.

Um palco inclinado.

Uma montagem em palco de arena.

Um chão decorado.

Ela leu alguns artigos sobre cenografia. Olhou cenários de outras peças que leu na escola: *O rei Lear*, *A morte de um caixeiro-viajante*, *Um limite entre nós*, *Madame Butterfly*, *Casa de bonecas*. Um dos cenários não passava de uma sala coberta de veludo marrom e alguns lustres, sem nenhuma mobília.

Ela resolveu fazer um quarto de hotel barato totalmente dourado. Nele, May e Eddie,
os amantes obcecados, viveriam seu
relacionamento tóxico.
O dourado, ela diria a Kaspian-Lee, cria um clima de
sensualidade que, de certo modo, também é
deprimente.
Falso e barato.
Sob o estranho quarto de hotel dourado haveria
uma camada de terra. O público poderia ver
esqueletos na terra, e velhas latas de metal,
coisas apodrecendo.
Adelaide colocou a cama na parede, literalmente grudada na parede,
impossível de se dormir, mas
simbólica — um lugar que nunca seria reconfortante para May e Eddie, jamais. A cama se assomava sobre eles.

Tudo bem, era um pouco louco. Mas ela não tinha visto nada assim. Não haveria a menor chance de Kaspian-Lee achar que Adelaide havia roubado a ideia da internet. Ela poderia citar influências das exposições na Fábrica, assim resolveria essa parte da defesa.

Dia após dia, cada vez com menos esperança de Jack entrar em contato, Adelaide vivia uma vida de madeira e papelão. Espremia tubos de tinta em forminhas de gelo plásticas.

Montou uma minúscula cama de dossel, com um colchão pelado, sem lençóis. Fez luminárias de mesa pequenas e com cara de vagabundas que ficariam penduradas todas tortas no teto.

Sua vida se tornou aquela caixa que estava construindo, uma caixa para abrigar uma peça sobre amor triste e obsessivo.

14
POR QUE HISTÓRIAS IMPORTAM

Mensagens. Enviadas no oitavo dia que Adelaide trabalhava na maquete de *Loucos para amar*.

    Adelaide.

                Toby.

    Posso te pedir um favor?

    Adelaide não respondeu.
    Ela podia mandar fotos de cachorros fofinhos para o irmão. Estava apenas sendo uma boa irmã. Fazia esse tipo de coisa por muitas pessoas: seus pais, Stacey S., seus outros amigos da escola. Mandava mensagens com algo bobo para deixar as pessoas felizes. Uma mensagem de apoio, ou uma piada, um gif, uma foto, um bom-dia.
    Ela considerava essas coisas pequenos presentes.
    Mas não queria fazer nenhum favor para Toby.

Adelaide.

        Toby.

Posso te pedir um favor?

        É claro.

Ela não queria ser uma irmã ruim.

    Pode me transferir um dinheiro?
    Para comprar um presente para
    a mamãe.
    É só um empréstimo.

        ...

        ...

Adelaide?

Adelaide.

        Toby.

Posso te pedir um favor?

        O quê?

Pode me transferir um dinheiro?
Para comprar um presente
para a mamãe.
É só um empréstimo, é claro.

                Eu te amo demais para
                te passar dinheiro, Toby.
                Não.

Como assim?

                Não mesmo.

Mas que merda é essa, Adelaide?
É para um presente, eu juro. Vou
começar a trabalhar numa loja de
jogos. Daí posso te devolver
o dinheiro.

                O que você quer comprar
                para a mamãe?
                Eu peço pela internet
                e mando entregar aí.
                E você dá para ela.

Eu ainda não sei muito bem.
Queria fazer uma surpresa.

                ...

                ...

Seria mais fácil você me
emprestar logo o dinheiro para
eu poder ir na loja comprar.
Acho que uns 200 dólares dá.
Sei que é muito.
Mas vou pagar logo.

...

...

Adelaide, você está aí?
Pode ser 150 dólares.

Ela mandou uma mensagem para os pais.

          Toby está me pedindo dinheiro.
          É melhor vocês ligarem para
          o padrinho dele.
          E olhar o quarto e a mochila.
          E os bolsos, se for preciso.

No segundo ano do ensino médio, Adelaide encontrou o irmão. No banheiro.

Ela havia voltado para a casa de Boston em um sábado à tarde, com os dedos grudentos e o estômago cheio de pipoca. Tinha largado suas coisas no sofá e tirado a jaqueta.

— Cheguei.

Ninguém respondeu.

Ela foi até a cozinha, onde Rebecca costumava deixar um recado quando saía. Dito e feito. Na mesa, um bilhete dizia: *Aula de ioga, volto às sete. O papai chega às sete e pouco. Por favor, liguem a panela de arroz.*

Adelaide ligou a panela. Tomou um copo de água.

— Toby? — chamou.

Ninguém respondeu. O quarto dele ficava no porão agora. O cômodo tinha janelas pequenas no alto e piso de vinil coberto com um tapete. Os pais haviam mudado seu quarto para lá quando ele tinha nove anos e Adelaide não quis mais dormir com ele. O cômodo era amplo, mas tinha pé-direito baixo e ainda parecia um porão. Toby havia destinado cerca de um terço do espaço para veículos de Lego que se recusava a desmontar.

Adelaide parou no alto das escadas para o porão e chamou de novo:

— Toby? Você está em casa?

Ele não respondeu, então ela imaginou que tivesse saído. Ela se jogou no sofá e deu uma olhada no celular. Estava entediada. Sabia que precisava arrumar o quarto, mas talvez pudesse assistir a um filme primeiro e arrumar o quarto depois. Huum. Que filme? Talvez *Amélie*. Talvez *Os excêntricos Tenenbaums*. Não conseguia decidir.

Adelaide levantou para fazer xixi e abriu a porta do banheiro do térreo, o que Toby usava.

Lá estava ele. E uma agulha no chão.

Ele quase não estava respirando.

Talvez não estivesse respirando.

Talvez não estivesse respirando.

Toby estava tombado perto do boxe, em uma posição estranha, como se tivesse caído do vaso sanitário. Mole. Estava parecendo um garotinho com sua camisa listrada laranja. Descalço e de meias brancas novinhas. Olhos fechados e boca aberta, azulada. Seu peito chiava.

Adelaide sacudiu o braço dele.

— Toby!

Ele não acordou. O braço parecia não ter ossos. Ela tocou o rosto e o pescoço dele, tentando sentir o pulso. Encontrou, mas o ritmo não parecia normal.

Ela tateou o bolso em busca do celular. Chamou uma ambulância.

— Meu irmão — ela dizia. — Meu irmão, meu irmão.

O atendente disse que a ajuda estava a caminho.

Caramba. Toby ainda tinha um panda de pelúcia no quarto. Ele lia livros sobre *Dungeons & Dragons*. Ainda pedia para adotar um cachorro. Para comer sobra de bolo no café da manhã.

Adelaide esperou a ambulância, sete longos anos. Cem anos.

A escova de dentes verde-limão estava em cima da pia. A pasta de dentes estava sem tampa. Gel de cabelo, remédio de espinha, desodorante — nada estava tampado, na verdade. Seu xampu e o sabonete líquido estavam na lateral do boxe, a bucha molhada no chão.

Adelaide manteve a ponta dos dedos sob a orelha de Toby, sentindo um pulso fraco e incerto. Ela não conseguia sentir o próprio corpo, mesmo ajoelhada no chão duro. Só conseguia sentir seus dedos naquele pulso frágil.

Os socorristas tocaram a campainha. Ela correu para abrir a porta. Eles entraram, um homem e uma mulher, usando cintos grossos e uniforme.

Adelaide apontou para o banheiro, e eles não fizeram muitas perguntas. Atravessaram a sala a toda.

De certo modo, a correria fez tudo parecer real.

Eles precisavam *correr*. Os poucos segundos que economizassem seriam segundos que poderiam salvar a vida de Toby.

Adelaide observou os dois se debruçarem sobre seu irmão. O homem aplicou uma injeção nele. Então houve uma pausa. Todo movimento foi interrompido. Estavam esperando.

As pálpebras de Toby tremularam e seus olhos se abriram.

— Beleza, tudo bem — disse a mulher.

— Boas notícias — afirmou o homem, olhando para Adelaide.

Eles colocaram Toby em uma maca. Saíram de casa com ele.

Adelaide ligou para os pais. Não conseguia dizer a palavra *overdose*. Não conseguia dizer *drogas* nem nada parecido. Só disse que Toby não estava conseguindo respirar direito e seus batimentos cardíacos estavam fracos, mas os socorristas tinham chegado e agora ele estava bem. Ela ia com ele, na ambulância, para o hospital.

Existe um universo em que Tobias Morrison Buchwald morreu naquele dia.

Adelaide não se levantou para fazer xixi e ficou vendo um filme. Encontrou o irmão tarde demais.

A família manteve a Shivá e os vizinhos levaram cestas de frutas, travessas de comida e garrafas de vinho. As amigas de Adelaide, Ashlee e Veronica, e o menino com quem ela namorava havia pouco tempo, Mateo, ficaram com ela no quarto enquanto os amigos e vizinhos perambulavam pela casa, conversando com vozes sérias. Os quatro comeram biscoitos italianos grossos e esfarelentos, recheados com geleia. Ouviram música e conversaram sobre como Toby era ótimo, compartilharam lembranças engraçadas que tinham dele.

A família Buchwald permaneceu em Boston. Levi continuou dando aulas na escola pública e indo a congressos, escrevendo seu livro sobre Shakespeare no currículo escolar. Rebecca manteve o armarinho, dando aulas e enfrentando o luto com ajuda de terapia intensiva. Adelaide foi tomada pela culpa e por uma fúria quase sem solução, mas passou por isso cercada por sua família, com os amigos que conhecia desde criança.

Ela nunca conheceu Ling e Joelle, nunca chamou Baltimore de lar.

Nunca foi para a Alabaster.

Nunca conheceu Jack Cavallero, nem Mikey Dois Ls, e portanto nunca se apaixonou por nenhum deles.

Era uma menina de Boston, uma menina de escola pública, uma menina tão cheia de tristeza que nenhum charme travesso ou distraibilidade fácil se desenvolveu para compensar a tristeza e a preocupação brandas que compunham sua personalidade como a conhecemos.

Mas, também, o pior havia acontecido. Toby estava morto. Essa Adelaide não carregava o temor por ele, o medo *dele*, que a assombra em outros mundos possíveis e que ela se esforça tanto para esconder.

Também existe um universo em que Tobias Morrison Buchwald nunca

foi para festas com as meninas mais velhas.

Ele concordou, no início do primeiro ano do ensino médio, com uma viagem para esquiar com um amigo do ensino fundamental,

uma viagem que ele não queria muito fazer. Não era muito de esquiar e já não estava tão próximo desse amigo.

Mas ele foi, por um senso de obrigação com aquela antiga amizade, e quebrou a clavícula em uma descida íngreme.

O colégio é um lugar onde um colar cervical pode fazer toda a diferença entre ser considerado adorável ou insignificante.

Toby imediatamente deixou de ser interessante para as meninas que tinham ficado tão encantadas com ele e acabou por passar as noites de sexta-feira com um grupo de nerds fervorosos que lhe ensinaram a dominar o cubo mágico.

Sua química cerebral vulnerável o levou de qualquer maneira à depressão e à autoestima baixa durante o nono ano. Foi um momento sombrio. Mas um de seus amigos resolveu comentar, e os pais de Toby conseguiram colocá-lo na terapia e, depois de um tempo, começar a medicação.

Ele ainda assim se tornou um estranho para Adelaide. Ela tentava se comunicar e ele não respondia.

Ela tentava se comunicar de novo, e ele não respondia.

Mas eles estavam na mesma casa, juntos. Jantavam juntos quase todas as noites. Um dia, quando Adelaide estava no terceiro ano e Toby no segundo, ela o encontrou reconstruindo seu antigo aeroporto de Lego e sentou ao lado dele. Usou peças aleatórias da caixa de Lego para fazer um diorama da piscina do clube.

— Esta é a mamãe. — Ela colocou a Hera Venenosa de Lego

na piscina. — E este é o papai. — Ela colocou um carteiro. — Esta sou eu. — Ela pegou a Mulher Maravilha. — E este é você. — Ela colocou o Coringa.

— Quero ser o Harry Potter — disse Toby.

— Beleza, pega ele lá. Sabe onde está?

Toby encontrou o boneco do Harry Potter. Eles colocaram os quatro personagens juntos na piscina.

— Quer comer manteiga com açúcar mascavo? — perguntou Toby.

Era uma coisa que eles faziam quando mais novos.

— Acho que não vai ser tão bom quanto antes — disse Adelaide. — Mas vamos nessa.

Eles cortaram uma barra de manteiga com sal em oito quadrados pequenos e salpicaram açúcar mascavo por cima de cada um deles. Até que não ficou tão ruim.

Mensagens. Enviadas três horas depois que ela ignorou suas primeiras mensagens, no oitavo dia que Adelaide trabalhava na maquete de *Loucos para amar*.

Adelaide.

Toby.

Ainda preciso daquele favor.

Pode me responder? Por favor?

...

...

...

Adelaide?

                O que você quer?

Eu estou gostando de uma
menina. Darcy.

                ...

                ...

                ...

                E o que você quer?

Conselhos, talvez.

                É esse o favor que você quer?

É.

                ...

                Certo.

> Você tirou o bigode? É o primeiro passo para qualquer garota se interessar por você, Toby.

Meu bigode já virou peça
de museu faz tempo.

> Ela sabe que você existe?

Ela é orientadora-júnior no
acampamento de RPG comigo.

> Então você já tem meio caminho andado.

É que. Aaaaahhh.

> Como ela é?

Hum. Ela estuda em outra
escola. Não bebe nem
nada. Gosta das crianças do
acampamento. Elas fazem tanta
bobeira que ela começa a rir e
não consegue mais falar nada.
Hum, que mais? Mecha azul no
cabelo. É negra. É boa em jogos
de estratégia. Tem uma letra
bonita. Faz todos os pôsteres do

acampamento. Ela parece, sei lá,
ela parece que gosta de quem é.

        Certo.

        Na minha opinião, você a
        enxerga.

        É o que as pessoas querem.
        Em um relacionamento.

        Querem ser vistas.

        Esse cara com quem estou
        saindo — ou estava saindo —
        talvez ainda esteja — enfim —

        Ele me enxerga. E deixa isso
        claro.

        Se você fizer isso, aposto que ela
        vai gostar de você.

Eu queria que você me dissesse
alguma coisa mais simples.
Tipo, não esquecer de escovar
os dentes.

>Não esquece de escovar
>os dentes. Isso é crucial,
>na verdade.

Anotado.

>Ah, e vê se leva bacon
>de presente para ela.

Bacon, sério?

>Sim, sério.

>Boa sorte.

Mensagens. Dois dias depois.

Adelaide.

>Toby.

Você lembra daquele dia das bruxas em que o papai e a mamãe comeram todos os nossos Snickers?

>Lembro.

Eles tiveram que comprar um saco inteiro para compensar.

                Sim. Caraca!

Você lembra da nossa guerra
de abobrinha?

                A mamãe ficou muito brava
                porque ia receber visita
                e queria servir ratatouille.

                Mas sim. Foi épico.

                E você também enfiou
                um Tic Tac no nariz.

Mentolado! Que mentolado
horrível!

Foi o que eu fiquei gritando.

                Por que você fez aquilo? Todo
                mundo sabe que não se deve
                enfiar nada no nariz. É uma
                coisa que dizem o tempo todo
                para as crianças. Não enfie
                nada no nariz.

Sou uma pessoa cuja falha
de caráter é às vezes tentar
experiências novas que são
PÉSSIMAS IDEIAS.

...

...

Foi mal. Cedo demais para
esse tipo de brincadeira?

                Talvez nunca chegue o
                momento de brincar com
                esse assunto.

Foi mal. Foi mal. Sabe, fiquei
com medo de Tic Tacs depois
daquilo.

                Ficou?

Fui parar no hospital!

                Não seja dramático. Foi só
                no pronto-socorro.

Ainda não consigo chegar perto
delas. Coisinhas horrendas.

                Rá.

Deveríamos fazer outra guerra
de abobrinha qualquer dia.
Da próxima vez que a gente
se encontrar.

...

...

Adelaide não respondeu dessa vez.
Não queria começar a fazer planos com Toby. Era cedo demais para confiar nele.

Posso falar sério um minuto?

Pode.

Quando fui para Kingsmont
pela segunda vez, foi tudo
muito triste.

Foi péssimo ter que voltar pra lá.

E o irritante (mas às vezes
também prestativo) guia da
terapia em grupo disse Pense
nas suas lembranças felizes.
Saiba que elas ainda estão
dentro de você.

São parte de você.

E talvez até SEJAM você.

Foi brega.

>   É, um pouco.

O que quero dizer é

a história dos doces de
dia das bruxas está dentro
de nós dois. E a da abobrinha.
E o mentolado horrível.

15

NÃO É TODO DIA QUE SE TIRA UMA IDENTIDADE

Uma sexta à noite, Adelaide foi sozinha à Fábrica para ver uma exposição intitulada *Também Conhecido Como*.

A artista, Danitra Solo, havia ampliado documentos de identidade falsos em tamanhos enormes. Diversos passaportes, carteiras de motoristas e carteirinhas de estudantes estavam impressos em telas de três metros de altura. As imagens eram tão pixeladas que apenas se afastando e estreitando bem os olhos dava para ver que eram pessoas nas fotografias. O texto na parede dizia que todos os itens eram cópias de documentos falsos que Solo havia adquirido depois de uma pesquisa extensa.

No canto da sala havia um homem com um bigodão curvado para cima sentado atrás de uma mesa. Uma placa na mesa dizia: "Identificação".

— Estou disponível para fazer um documento para você — ele disse a Adelaide quando ela se aproximou.

Ele pediu para ela tirar algumas coisas da carteira.

— Esses são os ingredientes de sua identidade — ele disse.

Além da carteirinha de estudante e do passe de ônibus, Adelaide tinha na carteira cartões-fidelidade do café e da loja de chá, algum dinheiro, uma notinha da farmácia e outra dos tacos que havia comido com Jack, uma de um brechó, duas embalagens de chiclete e o poema que Jack tinha escrito quando se conheceram, dois anos antes.

Ela desdobrou o poema e mostrou ao homem de bigode.

Vestido celeste e
olhos imensos, como um leão.
Uma onda feroz de cabelos rebeldes.
Ela contém
contradições.

— Alguém te ama — ele disse. — Ou pelo menos te admira muito.

Ela não fazia ideia se era verdade, mas olhando para o poema lembrou que aquilo tinha sido verdade, um dia. Jack havia enxergado Adelaide, por mais breve que tivesse sido. Enxergado de verdade. O poema era a prova.

O homem inspecionou o cartão da loja de chá, as embalagens de chiclete e todo o resto.

— Esses são itens que constituem parte de sua experiência — ele disse. — Portanto constituem parte de sua identidade.

Ele colocou os itens em um scanner e os digitalizou.

Adelaide aguardou em silêncio.

Ele tirou os itens do scanner e devolveu os originais a ela, que amassou as notinhas e enfiou no bolso.

Ele pegou um cartão de plástico com bordas arredondadas e afixou a padronagem das embalagens de chiclete como fundo. Depois usou um estilete para recortar uma frase do poema que Jack havia escrito para ela. Colocou as palavras no lugar onde deveria estar a foto. Em vez de seu rosto, tinha a frase *olhos imensos, como um leão.*

Ele recortou a palavra *saudável* do cartão da loja de chá. Da notinha dos tacos, tirou o nome dela, que estava anotado lá para que o moço do balcão pudesse gritar quando o pedido estivesse pronto. Do cartão-fidelidade do café, pegou a palavra *livre*. Da notinha do brechó, a palavra *pérola*. Da notinha da farmácia, a palavra *Twix*.

— Agora você está sendo bem aleatório — ela disse enquanto ele colava *Twix* no cartão junto com as outras palavras.

— Você que estava carregando esse recibo de Twix na carteira — ele disse.

— Mas não foi de propósito.

— Estava com você.

— Gostei do *livre* aí — ela disse.

— Obrigado — ele respondeu. — Acha que precisa de mais alguma coisa para funcionar como sua identidade?

— Não saberia responder.

— Tudo bem, então — ele disse. — Vou plastificar.

Ele passou o novo cartão de identidade por uma máquina plastificadora, aparou as pontas e entregou a Adelaide.

— Você é uma nova pessoa agora, de certo modo.

— Esse é o seu trabalho? O que vai fazer quando a exposição terminar?

— É um dos meus trabalhos — ele explicou. — Mas tenho outros.

16

O QUE A LUZ FAZ COM A TELA

Adelaide saiu da exposição às nove e meia e descobriu que sua bicicleta tinha sido roubada.

A bicicleta que Mikey Dois Ls tinha dado a ela de presente. Alguém devia ter arrombado o cadeado.

Ela ficou parada com o capacete na mão.

Estava chovendo.

Ligou para o pai. Levi não atendeu. Ela lembrou que ele ia jantar com algumas pessoas do setor de admissões.

O aplicativo de táxi mostrou que a corrida até a Alabaster custaria vinte e cinco dólares. Por estar chovendo e por ser sexta à noite, o preço estava mais alto que o normal.

Adelaide resolveu voltar a pé. Ficaria tudo bem. Ela saiu da Fábrica seguindo um caminho de paralelepípedos, passou por um jardim de esculturas iluminado com luzes cor-de-rosa, atravessou um conjunto de prédios antigos com tijolinhos aparentes e chegou aos grandes portões de ferro fundido.

Usava o capacete para não tomar chuva na cabeça. E para não precisar carregá-lo. Além disso, vestia uma camiseta fina de algodão e uma saia vermelha na altura dos joelhos, e também um cardigã grosso porque a Fábrica sempre estava com o ar-condicionado ligado no máximo. Vans com estampa quadriculada em preto e branco. Sem meias.

Os Vans sempre foram confortáveis, mas agora começavam a formar bolhas.

A mochila sempre foi confortável, mas agora machucava.

O aplicativo no celular dizia que a caminhada levaria sessenta minutos. Ela passou por antigas casas em estilo vitoriano na saída da cidade e chegou a uma longa estrada sem calçadas.

Um carro se aproximou dela e parou.

Ela apertou o passo.

A janela do lado do passageiro se abriu.

— Adelaide.

Ela parou. Estreitou os olhos para enxergar no escuro.

Era Jack.

Jack!

Ela o havia conjurado. Quando realmente precisou de ajuda, ele apareceu dirigindo um Volkswagen e usando uma camiseta branca.

— Adelaide, está tudo bem?

— Roubaram minha bicicleta.

— Cretinos!

Ela entrou no carro. Tirou o capacete. Ficou preocupada com o cabelo. Suas roupas estavam ensopadas.

Era difícil respirar de tão bonito que Jack estava. Seus anéis de prata refletiam a luz dos postes. Ele usava um óculos de armação preta. Ela nunca tinha visto Jack de óculos.

— Está vindo de onde? — ela perguntou.

— Estava jogando pôquer com os caras do Tio Benny.

— Terrance e Oscar?

— E alguns outros. Onde você estava?

— Na Fábrica. O museu fica aberto até tarde de sexta.

— Como foi?

— É meu lugar preferido do mundo todo. Você ganhou no pôquer? — ela perguntou.

— Não. O Oscar ganhou quase todas. Aquele cara é um animal. Mas apostamos só uns dez dólares.

Adelaide se sentia tão atraída por Jack que estava com dificuldade de se concentrar no que ele estava dizendo. Observava seu corpo no banco do motorista, a forma como se movimentava quando dava a seta ou ajustava o aquecedor.

Ficou olhando para suas mãos no volante. O carro tinha um leve cheiro de donuts, um perfume açucarado.

— O que você viu lá? — ele perguntou.

Ela voltou a si. Na Fábrica. Ele estava perguntando sobre a Fábrica.

Não queria contar a ele sobre a identidade, pois não queria explicar por que estava com o poema dele na carteira, então falou sobre uma exposição que tinha visto na semana anterior.

— Tem uma mulher que pinta telas enormes com tinta refletiva, tipo a que se usa para pintar as faixas brancas no meio da estrada. A luz bate nelas e parece se mover.

— O que ela pinta? — ele perguntou.

— Não são imagens de nada. Só tinta. A ideia é que
o significado não esteja na tela, mas sim
no que a
luz faz com a tela.

Jack assentiu.

— É o tipo de coisa que eu quero fazer. Bem, quero que o significado da pintura esteja na interação da imagem com o espectador.

— Sua igreja-hipopótamo.

— Eu te contei sobre minhas pinturas?

É claro que ele havia contado. Da primeira vez que se encontraram. Ele tinha falado sobre elas em detalhes. O fato de ele não lembrar a incomodava.

— Um pouco — ela respondeu.

— Não é uma igreja-hipopótamo.

— O que é, então?

— Bem, *é* uma igreja-hipopótamo, mas é também um carro — ele disse. — A parte do carro é bem importante.

— Vou me lembrar disso. Se algum dia chegar a vê-las.

Eles pararam na frente da casa de Levi. Jack desligou o carro. Não foi uma parada rápida só para ela descer. Ele desligou o motor. Depois virou e tocou o rosto de Adelaide,

---

se inclinou e a beijou. Ela se aproximou dele também, estendendo o braço para segurar a mão dele, sentindo uma onda de desejo atravessar seu corpo. Subiu os dedos pelo peito dele e sentiu o calor da pele através do tecido fino. Ela se sentiu trêmula e forte ao mesmo tempo, e foi surpreendente como um beijo podia transformar dois corpos no centro do universo.

O celular de Jack vibrou. Ele se afastou. Tirou o telefone do bolso e leu uma mensagem que Adelaide não conseguiu ver.

Depois, respondeu rapidamente e pressionou "enviar".

— Preciso ir — ele sussurrou. — Desculpe.

Adelaide se aproximou e o beijou de novo. Desejando que ele ficasse. Desejando que ele a enxergasse e que a desejasse.

— Queria poder ficar — Jack disse com os lábios no pescoço dela. — Mas não posso.

se inclinou e a beijou.

Adelaide queria beijá-lo desde aquele momento na rede. Tinha desejado passar a ponta dos dedos por sua barriga, pressionar os lábios nos dele para sentir sua respiração no rosto.

Só que, agora que estava acontecendo, ela não conseguia deixar de pensar que estava um bagaço.

Seu cabelo estava arrepiado por conta da chuva e amassado pelo capacete. O suéter estava molhado. O cheiro de lã úmida se espalhava pelo carro. Ela estava com um sutiã bege sem graça, pois era o único que não aparecia sob a camiseta branca.

Sua boca tinha um leve gosto do bagel com cream cheese que ela tinha comido às 17h30 no lugar do jantar.

Ela não tinha depilado as pernas.

Será que mais alguém pensava nessas coisas ao ser beijada? Ou era só Adelaide que percorria um catálogo de todos os pequenos desagrados que poderia infligir à outra pessoa?

Seria de imaginar que, já que ela queria tanto beijá-lo, não pensaria em mais nada. Em vez disso, ela listou como poderia ser a experiência para Jack e se seria boa ou não.

É claro que sabia que Jack provavelmente teria uma experiência mais agradável se ela se entregasse de verdade ao beijo. Se arrepender de ter comido cream cheese com cebolinha não faria sua boca ter um sabor mais agradável. Ele se afastou.

— Tem alguma coisa errada, né?

— Não, não.

— Tem certeza? Não quero... Não vamos fazer nada que você não queira.

Ela queria fazer tudo.

Tudo.

Mas não podia. Porque

Mikey não a amava. Porque

Toby era um viciado. Porque

ela tinha comido cream cheese com cebolinha e usava um sutiã feio e o suéter estava fedendo,

porque ela era uma gema de ovo atormentada, basicamente,

e não podia estar presente, naquele carro, com aquele menino atraente.

— Preciso ir — ela disse.

Ela se odiava e

ela odiava a insegurança que a fazia se odiar e

ela odiava Jack por fazer tudo aquilo vir à tona.

---

se inclinou e a beijou.

— Espera — ela disse. — Espera.

— O quê?

Ela cruzou os braços e se afastou.

— Você desapareceu por mais de três semanas, Jack, o que é direito seu. É claro. Mas aí... bem. Não acho que pode fazer *isso* quando me encontra por acaso, depois de desaparecer.

— Eu não desapareci. Estava trabalhando no Tio Benny. Pintando. Não fui a lugar nenhum, Adelaide.

— Você entendeu o que eu quis dizer. Nunca mais soube de você. Desde o bacon.

Ele tocou no cabelo dela.

— Eu estava ocupado, só isso. Fiquei tão feliz de te encontrar ali, na beira da estrada.

Ela balançou a cabeça.

— Não foi minha intenção ter sumido — ele acrescentou.

Mas ela sabia que foi. Podia ver o futuro como se já tivesse acontecido: ele desaparecendo de novo depois de beijá-la esta noite. Ela sentindo a falta dele, além de já sentir a de Mikey e de Toby.

— Obrigada pela carona — Adelaide disse. — Muito obrigada mesmo.

E saiu do carro.

---

se inclinou e a beijou.

Foi como ela lembrava do cachorródromo. Seu beijo não era aconchegante e conspiratório como o de Mikey, mas ávido e, de certa forma, enaltecedor, repleto de desejo.

Adelaide passou a mão pelo cabelo dele e era macio e fino, apesar de todas as ondas, e sentiu a

agitação da festa no terraço sibilar por seu corpo, a

beleza do poema que ele tinha escrito, o

poema agora era parte de seu documento de identidade. Ela sentia que

já o conhecia e o amava, de certo modo, e também que

todo o maravilhoso desenrolar de seu novo amor estava logo à frente.

O celular dela vibrou no bolso. Era o pai.

"Só vou chegar em casa depois da meia-noite. Vendo *Henrique V* com Matt Kwan do departamento de teatro."

Jack a beijou de novo, descendo as mãos lentamente por seu corpo até ela sentir que não conseguia pensar em nada além desse momento e na caixa de preservativos que tinha comprado achando que ela e Mikey usariam no verão mas que permanecia fechada.

— Quer subir? — ela sussurrou.

— Quero — ele respondeu.

De mãos dadas, eles entraram em casa. Caíram vertiginosamente, enquanto se beijavam, na cama dobrável. A chuva parou e as estrelas brilhavam do outro lado da janela. O som de respiração reverberava nos ouvidos dos dois. Jack tocou a pele dela, com gentileza e doçura. A caixa de preservativos foi aberta. Ele perguntou o que ela queria fazer e foi estranho conversar sobre isso, mas a resposta dela foi clara.

17

ALMAS GÊMEAS COMO CONCEITO GERAL

Pela manhã, Adelaide estava animada e superligada. Preparou uma garrafa térmica grande de café com leite bem doce e saiu para passear com os cachorros em um lindo dia fresco de verão.

Stacey S. chegou à tarde para passar duas noites. Trouxe quatro cervejas na mala. Havia surrupiado da geladeira dos pais quando estavam distraídos. As cervejas não estavam geladas, mas aquela noite Adelaide e Stacey beberam as quatro no campo de futebol, sentadas no meio do gramado. Tinham um saco enorme de Doritos e haviam comprado guacamole. Foi o jantar delas.

— Não acho que mais amor seja a resposta — disse Stacey quando soube de Jack.

— *Você* tem amor — afirmou Adelaide.

— Não é amor, é só um namorico de verão. Mas eu também fiquei sozinha desde o Dia de São Valentim até o final das aulas. Fiquei solteira por, tipo, quatro meses. E foi muito bom para mim.

— Não está sendo bom para mim — disse Adelaide.

— O que Jack tem de tão especial?

Stacey deitou na grama e comeu um salgadinho.

— Tudo. Tudo mesmo. É como se eu já o conhecesse — explicou Adelaide. — Quer dizer... eu já o conhecia, de muito tempo atrás, mas o que estou querendo dizer é que sinto como se o conhecesse de outra vida. Em um universo paralelo, ou antes de reencarnarmos. Sei lá.

— Tipo almas gêmeas? É isso que você está dizendo? Porque não acredito em almas gêmeas como conceito geral.

— É claro que não — disse Adelaide.

Mas era exatamente isso que ela estava querendo dizer.

— Espero que não esteja transformando isso em uma coisa imensa só porque vocês transaram — disse Stacey. — Todo o conceito de virgindade não passa de uma ferramenta de opressão do patriarcado.

Stacey já havia falado isso antes. Segundo ela, deveria haver um parâmetro melhor para avaliar a experiência que não fosse ser ou não ser virgem, porque essa baboseira não se aplicava às lésbicas da mesma forma, e também, na verdade, era impreciso e confuso até mesmo para pessoas héteros. E por que estávamos avaliando a experiência dos outros mesmo?

— Não estou — respondeu Adelaide. — Já era uma coisa imensa antes disso. É uma coisa imensa por outros motivos.

Stacey levantou.

— Será que ele lembra de mim? Vamos mandar uma mensagem para ele.

— Agora?

— Sim, agora.

— Não posso mandar uma mensagem para ele no dia seguinte. Vou perder todo meu mistério.

— Ai, meu deus. Não estamos em 1952, Adelaide. Manda uma mensagem para ele.

— Eu já mandei várias mensagens para ele. Ele simplesmente nunca responde.

— Ele vai responder *agora*. *Agora* ele se deu conta de que está muito a fim de você. Além do mais, não tem nada para fazer nesta cidade. Ele deve estar sentado em casa com o pai, entediado até dizer chega. Não conhece quase ninguém. Vai ficar TÃO FELIZ de receber uma mensagem sua.

— Está bem.

Ela queria mandar uma mensagem para ele mesmo.

Jack encontrou as duas no campo de futebol. Ele atravessou o gramado a passos largos e se jogou na grama.

— Trouxe um presente. — Era um pacote de biscoitos de gengibre. — Só tinha isso em casa.

— Está ótimo — disse Adelaide.

— Eu amo biscoitos de gengibre! — Stacey exclamou em tom cordial. — Está nervoso por voltar à Alabaster?

— Um pouco.

— Vou avisar quais pessoas são péssimas — disse Stacey. — A maioria é gente boa, mas existem alguns seres humanos bem terríveis, e vai ser útil saber quais são de antemão. Além disso, não coma o chili do refeitório, caso não lembre como era.

Eles resolveram ir com o carro de Jack até a Luigi's, em Lowell, cidade vizinha, onde havia uma máquina de pinball. Não estavam com fome, mas o campo de futebol estava chato.

A Luigi's ficava aberta vinte e quatro horas. Pedidos no balcão. Pão de alho e calzone. Vidros com parmesão ralado em cada mesa. Uma TV na parede. Havia muita gente em volta da máquina de pinball, então Adelaide, Stacey e Jack pediram pizza e foram para uma mesa.

— Oi, oi.

Era Oscar, o pianista. Ele sentou ao lado de Jack. Era mais alto do que Adelaide lembrava, muito alto mesmo, e seus cachos pretos estavam despenteados. Ele era grandão, mas combinava, ela pensou. Suas bochechas estavam coradas do calor da pizzaria, e ele tinha uma energia radiante que contrastava com o comportamento despreocupado de Jack. Sorriu e olhou para Adelaide.

— Te devo uma bebida. Pelo menos uma água.

Adelaide riu.

— Conheço Oscar do Tio Benny — Jack explicou a Stacey.

— Eu anoto os pedidos — disse Oscar. — Jack cuida do estoque e limpa as mesas. É uma cena cruel. Vocês nem imaginam.

— Tipo o quê? — Stacey perguntou.

— Ele está inventando — esclareceu Jack. — Não tem nada cruel.

A horda de jogadores de pinball foi chamada e todos se apressaram para pegar a pizza e sentar. Stacey levantou e foi até a máquina.

— Vou comprar as fichas — disse Jack, fazendo sinal para Oscar deixá-lo passar.

Oscar levantou para ele sair, mas não foi sentar com as pessoas com quem estava antes. Voltou a sentar de frente para Adelaide.

— Ele ama pinball — disse, se referindo a Jack.

— Ah, sério?

— Ele joga muito bem. Sei lá, talvez seja popular na Espanha ou algo assim. Eu estava falando sério sobre a bebida. Quer uma coca? — perguntou Oscar.

— Coca Diet.
— Você é estranha.
Ele levantou e pediu os refrigerantes, depois voltou e colocou na mesa. Então foram ver Jack jogar.

Adelaide se deu conta de que, se quisessem manter a mesa, um deles teria que ficar sentado. Ela ficou observando Stacey, Jack e Oscar gritando ao acompanhar fosse lá o que estivesse acontecendo na máquina de pinball. Ficou mexendo no celular.

Quando a pizza chegou, eles voltaram, corados e felizes. Oscar sentou com eles como se nem questionasse se era ou não bem-vindo, mas não comeu pizza. Adelaide colocou o braço sobre o ombro de Jack, feliz por ele estar de volta. Tentou ter uma noite relaxante.

Terrance apareceu e se apertou no banco ao lado de Stacey. Comeu um pouco da pizza. Oscar fez cara feia por ele estar atrasado. Terrance disse que Oscar estava parecendo uma velhota. Stacey disse que aquele era um insulto machista.

Oscar, Terrance e Stacey conversaram sobre inscrições para faculdade, e Adelaide sentiu a ansiedade familiar que surgia sempre que alguém tocava nesse assunto. Jack começou a escrever nos guardanapos.

> *Ela joga pinball com determinação*
> *Mesmo não sendo boa nisso.*
> *Não precisa ganhar em tudo.*
> *Todos olham para ela de qualquer forma.*

Ele mostrou o guardanapo para Adelaide.
Ela pegou a caneta da mão dele e escreveu: *Stacey?*

É claro, ele escreveu em resposta. O próximo dizia:

> Ele come pizza como se
> Nunca tivesse comido pizza, como se
> Estivesse descobrindo a pizza. Como se não conseguisse acreditar
> Em sua sorte.

Jack passou esse para Terrance. O amigo pegou e sorriu.

— Eu queria estudar em um conservatório musical durante o ensino médio — Oscar dizia a Stacey. — Tentei no décimo primeiro ano, no décimo segundo, mas sempre fico na lista de espera. Vou tentar de novo na faculdade, mas parte de mim precisa encarar a ideia de que o ponto alto de minhas conquistas no piano pode ser tocar músicas de Natal em shoppings ou ensinar criancinhas a tocar *Minueto em sol maior*. É improvável que eu me torne pianista de concerto, mas preciso continuar tentando por mais um tempo, ver se faço algum progresso, sei lá.

— Eu tenho uma planilha de faculdades com as coisas que considero importantes — contou Stacey.

— Ah, cruzes. Eca — disse Terrance.

— É bem legal. Tipo, tenho uma coluna para aulas de produção cinematográfica. Muitas faculdades não oferecem essa disciplina. Talvez você possa procurar lugares que tenham ótimos programas de música mas não sejam conservatórios — ela disse a Oscar.

— Só quero ir para uma faculdade grande — disse Terrance. — Uma estadual, provavelmente. Muita gente. Muita gente diferente.

— Como assim? — perguntou Stacey.

— Esta cidade pequena é a morte para mim. Estou quase morto. Olha só para mim. Sente meu pulso. Estou literalmente prestes a morrer só de estar aqui.

— Ah, pobrezinho — disse Jack. — Mas agora você tem a gente. Você tem o Tio Benny.

Todos continuaram conversando sobre inscrições para faculdade e Jack escreveu:

> O pianista é um artista. Ele está
> se apresentando agora. Para
> todos nós. Mesmo sem um piano por perto.

Ele deu os poemas para Oscar e Stacey do outro lado da mesa. Oscar leu em silêncio, dobrou o papel e guardou no bolso.

— Obrigado.

— Eu sou *ótima* no pinball — disse Stacey. — Só estava me aquecendo.

Dessa vez, os cinco foram para a máquina. Stacey era péssima, mas insistia que era incrível. Terrance também era péssimo. Adelaide jogava direitinho, assim como Oscar. Jack era excelente, mantinha a bola em jogo e tocava os cantos da máquina de leve, nunca batendo ou usando as palhetas sem necessidade.

Adelaide observava as mãos dele. E seu rosto concentrado.

Queria que ele escrevesse um poema para *ela*. É claro que queria.

Ela sabia que já havia recebido um, mas era de anos antes. Parecia injusto que ele escrevesse poemas para todos menos para ela.

No fim da noite, a mãe de Terrance foi buscá-lo e Oscar se enfiou no carro de Jack com eles. Ele tinha ido para lá de ônibus. Jack deixou Adelaide e Stacey primeiro.

— A gente se vê — ele disse para Adelaide, mas não a beijou.

Bem, eles ainda não eram um casal. E nem todos seguiam a cartilha de Mikey Lewis Lieu de demonstração pública de afeto.

— Ele te trata bem, Adelaide? — perguntou Stacey quando as duas estavam deitadas na cama dobrável, dentes escovados e os cabelos de Adelaide trançados por causa do calor. — É só isso que me importa. Se ele te trata bem.

— Acho que sim.

— Bem de verdade? Além do bacon? É que não consegui perceber. Ele ficou, tipo, conversando com o Oscar o caminho todo. Ele te deixa feliz?

— Não exatamente feliz, está mais para empolgada — explicou Adelaide.

18

PODEMOS FINGIR QUE EU NUNCA?

Mensagens.

>Conversar com a mamãe
>é exaustivo.

>>É. Sempre.

>>Mas o que foi hoje?

>A ansiedade. Está me matando.

>>Quando falo com a mamãe, sinto que só tenho uma responsabilidade: deixá-la feliz demonstrando que eu estou feliz.

>>É disso que está falando?

>É. Mas, além disso, tenho que agir de um jeito sóbrio.

Como assim?

Eu caminho em linha reta,
casualmente, enquanto conto para
ela o que fiz na escola. Chamo
ela para conversar no meu quarto
para ela poder olhar tudo.

Acabo agindo todo

ANIMADO!

Durante a época de aulas, eu
chegava do basquete e dizia OLÁ!
APRENDI MUITO NA ESCOLA
E MEUS AMIGOS SÃO LEGAIS!
VOU TOMAR UM BANHO E
ARRUMAR A MESA. COMO FOI
O SEU DIA?

      Você jogava basquete?

Sim. Equipe principal.

     Maneiro.

Mas faço o mesmo com
os técnicos.

PODEMOS FINGIR QUE NÃO
SOU VICIADO EM NARCÓTICOS?
PODEMOS FINGIR QUE VOCÊ
NÃO ESTÁ COM MEDO QUE EU
VÁ CORROMPER OS MEMBROS
SAÚDAVEIS DE SEU TIME
ESPORTIVO?

     Você não diz isso.

Eu digo isso falando: "Ei, treinador, estou superfeliz por estar aqui". Eu me ofereço para pegar as bolas, ou para levar os uniformes para a sala.

Eu digo isso sorrindo e deixando meu armário e minha mochila abertos, para não parecer que estou escondendo alguma coisa.

Ou seja, faço de tudo para mostrar que não estou escondendo nada,

o que significa que, na verdade,

estou escondendo alguma coisa.

E o que estou escondendo é que

mesmo não tendo a intenção
de fazer nada errado,

eu fui péssimo e viciado.

Mais péssimo do que a maioria
das pessoas jamais foi.

Eu escondo isso porque os
treinadores não querem ver.

Mas também sei que eles sabem.

E TAMBÉM escondo porque os
caras do time têm curiosidade
de saber se eu vou demonstrar
alguma coisa.

Sei que eles sabem sobre mim
mas não dizem nada.

Acho que alguns deles me veem
como uma espécie de gângster,
e isso deixa eles curiosos, ou faz
eles pensarem sobre mim mais
do que pensariam normalmente.

E tem também outros, que
curtem. Percebo que eles nunca
falam disso perto de mim,

nunca dizem que ficaram
bêbados ou chapados, jamais.

Como se estivessem me
protegendo de mim mesmo.

Adelaide?

                Estou aqui.

Foi mal, exagerei nas
MENSAGENS DO TOBY

                Não, foi interessante.

Ei, mãe, hoje aprendi muito.

Ei, treinador, estou superfeliz
por estar aqui.

Ei, pessoal, estou sóbrio.

Estou sóbrio estou sóbrio estou
sóbrio

Tipo, estou mesmo sóbrio, mas

tenho mesmo que ficar
mostrando que estou sóbrio
para acalmar os outros.

E ao mesmo tempo eles não
parecem tão calmos, então
não sei bem se estou ATUANDO
MAL ou se estou errado em
achar que eles precisam que
eu aja assim.

                      Estou feliz por você
                      estar sóbrio.

Sei que está.

                      Você está feliz por
                      estar sóbrio?

Estou feliz.

Na maior parte do tempo.

19

COMO AMAR ALGUÉM

O Sanduíches do Tio Benny, onde Jack trabalhava, ficava em uma área aberta perto do campus da Alabaster. Alunos do penúltimo e do último ano pediam autorização para sair e iam almoçar lá quando o dia estava bonito.

Cinco dias depois que ele havia entrado em sua casa e aberto a caixa de preservativos, quatro dias depois que jogaram pinball, Adelaide não tinha recebido notícias de Jack. Então ela foi até o Tio Benny.

Chegou a lhe ocorrer que o amor deles podia ser uma flor delicada que murcharia se recebesse atenção demais.

Por outro lado, talvez fosse uma flor delicada que morreria se fosse negligenciada.

É claro que Adelaide preferia pensar que a conexão que eles tinham não era nenhuma flor delicada, mas que seu amor era um belo cacto bem resistente, robusto e forte, capaz de resistir a negligência e tempos difíceis — mas, ao mesmo tempo, cactos são espinhosos. É preciso se aproximar com cuidado. Mas ela foi até lá mesmo assim. Queria vê-lo.

A lanchonete estava vazia, exceto por dois filósofos pedindo comida para viagem. Eles demoraram uma eternidade para decidir. As janelas estavam abertas e o lugar não tinha ar-condicionado.

A única pessoa trabalhando no balcão era Oscar.

— Jack está por aqui? — Adelaide perguntou.

— É você.

— Oi de novo. Ele está trabalhando hoje?

— Não.

— Certo. Pode dizer a ele que passei aqui?

— Posso, se ele aparecer — Oscar disse. — Vai pedir alguma coisa?

— Acho que não. Já almocei. Posso deixar um recado para o Jack?

— Se precisar.

Adelaide não tinha papel, então pegou um guardanapo. Levou algum tempo, fazendo rabiscos e espirais com sua caligrafia, mas optou por uma mensagem simples. "Passei para te ver."

A lanchonete estava vazia, exceto por dois filósofos pedindo comida para viagem. Atrás do balcão estava uma garota mal-humorada com piercing no nariz.

Jack estava trabalhando na cozinha. Adelaide o viu passar para a sala dos fundos, onde ficava a grelha.

Seu coração acelerou. Ela saiu da lanchonete e deu a volta até a viela dos fundos, onde encontrou a porta de serviço, numa área de estacionamento com várias latas de lixo.

O fusca de Jack estava lá.

Ela olhou dentro do carro. Havia uma jaqueta cor de ferrugem no banco e um livro da biblioteca sobre pintura abstrata.

Dava para ouvir a voz de Jack pela porta de tela da cozinha.

— Picles, queijo suíço, dois pacotes de bacon, tomates frescos, tomates secos, queijo cheddar, provolone. — Ele estava mexendo na geladeira, listando os itens para outra pessoa.

Talvez Adelaide devesse esperar até ele sair do trabalho. Ela estaria lá, apoiada no capô de seu carro, quando seu turno acabasse. Ele abriria um sorriso quando a visse.

Enquanto ela esperava, chegou uma menina de bicicleta. Era alta, de seios pequenos, rosto redondo, lábios carnudos e bochechas rosadas devido ao exercício. Cabelos lisos, típico das asiáticas, compridos. Vestia short jeans e uma camiseta. Não estudava na Alabaster.

Adelaide ficou mexendo no celular enquanto a menina se aproximava do carro de Jack e se debruçava sobre o capô, escrevendo um bilhete em um bloco de papel pautado.

— Não se preocupe comigo — disse a menina, sorrindo. — Bilhetinho de amor.

Ah.

Jack tinha alguém.

Que não era Adelaide.

Ele tinha essa menina da bicicleta.

A menina se apoiou no carro para escrever. Preencheu a frente e o verso do papel com uma letra cursiva arredondada, dobrou o bilhete e colocou no para-brisa de Jack.

Jack nunca contaria a Adelaide suas dores secretas.

Ele nunca a levaria para a mostra de filmes de filosofia.

Podia gostar dela, podia gostar muito dela, mas não seria *dela*. Ele não seria profundamente apaixonado por

ela e apenas ela,
física e mentalmente, como
Adelaide já tinha sido por Mikey, como
Adelaide estava agora, por Jack.
O que Adelaide queria era estar
enredada em alguém.

Ela queria ser adorada incondicional e exclusivamente.

Queria ser a menina que era antes de Toby começar a se drogar.

Jack não faria aquilo por ela.

Ele tinha sua menina da bicicleta para amar. E a menina sabia amar alguém; isso parecia claro. Lá estava ela, despejando seu coração nesse bilhete, alegre e generosa, desfrutando o momento.

Adelaide não tinha certeza de que sabia amar alguém daquele jeito, não tinha mesmo.

A menina virou, deu um aceno rápido e subiu na bicicleta, pedalando pela viela como se estivesse satisfeita com seu gesto romântico.

Adelaide queria ler o bilhete, mas não chegou nem perto.

Ela teve o impulso de abrir a porta da cozinha. Seu corpo todo desejava se conectar com o dele.

Ela deveria fazer isso. Simplesmente aparecer. Ver o sorriso em seu rosto.

Ela entrou.

Jack estava segurando um pote de picles.

— Oi — ele disse. — O que você está fazendo aqui?

— Vim te ver.

— Ah, é. Bem. Estou trabalhando.

— Eu estava pela vizinhança.

— Na viela dos fundos?

— Eu só... Pensei em fazer uma surpresa para você. Talvez queira fazer alguma coisa hoje à noite, quando sair do trabalho?

— Estou muito ocupado aqui. A hora do almoço é movimentada e o queijo está acabando.

— Eu pensei...

— Olha só — Jack disse, parando para olhar nos olhos dela. — Me espera lá fora. Só um minuto. Tá? Só me deixa terminar uma coisa aqui e já vou te encontrar. Fiquei feliz de você ter vindo.

Ele sorriu, e ela ficou mais calma. Adelaide lembrou de como ele a puxou pela mão e da intensidade do beijo. De como ficaram aquela noite em seu sofá-cama.

Ela esperou perto do carro dele. Em alguns minutos, Jack desceu o pequeno lance de escadas da porta dos fundos, secando com o braço o suor da testa.

— Adelaide, olha, eu deveria ter sido mais claro. Eu não... Eu não estou disponível.

— Ah.

— Eu não deveria ter te beijado. Ou ido para a sua casa. Ou pelo menos deveria ter deixado claro o que exatamente estava sentindo.

O rosto de Adelaide ficou quente. Ela não sabia o que fazer com as mãos.

— Hum, saquei.

— Posso te dizer uma coisa? Sinto que você merece uma explicação sincera.

— É claro.

— Você me deixa desconfortável.

— O quê? Como assim?

— Quer ser salva ou algo assim. Quer um salvador.

— Não quero, não.

— Quer, sim. E eu não quero salvar ninguém.

— Não sei do que você está falando.

— Por exemplo, ficar andando na chuva, a cinco quilômetros de casa, no meio da noite. Por que não pegou um táxi? É como se você quisesse ser infeliz.

— Eu não tinha dinheiro para pegar um táxi.

— Não podia pedir uma carona para algum conhecido? Ou esbanjar um pouco? Ficar andando no escuro naquela estrada é pedir para ter problema.

— Você não sabe quanto dinheiro eu tenho — Adelaide retrucou. — E não tem o direito de me dizer como voltar para casa.

— Parece que é um lance seu, só isso. Como se quisesses que eu te resgatasse da solidão. Ou do tédio. Ou do que quer que tenha acontecido com seu ex-namorado.

— Eu só estava a fim de você. Isso é crime?

Ele balançou a cabeça.

— Não é minha responsabilidade te salvar, Adelaide.

— Eu *te* salvei no cachorródromo. Eu peguei a Docinho para você.

Ela queria resgatar Jack, na verdade. Queria salvá-lo da tristeza da morte de sua mãe; mostrar a ele um amor empático, transparente e paciente; curar a dor que imaginava que ele sentia no quadril.

Jack soltou um suspiro.

— Obrigado pela ajuda com a cachorra. Você é extremamente bonita e muito inteligente, Adelaide. Mas... olha para mim como se eu fosse um objeto e fala comigo como se não me enxergasse. Inventou mil coisas sobre mim na sua cabeça. Está me ouvindo? Você inventou tudo. Conheci muitas meninas que têm pena de mim e querem me salvar. Ou acham que me encaixo em uma ideia que têm de um herói trágico.

— Para — ela disse. — Você não tem o direito de me transformar na vilã dessa história. Não tem. — Escorria suor por seu pescoço. — O que você quer dizer de verdade é,

não estou tão a fim de você.

Mas não é isso que

você diz.

Você diz

que eu fiz algo errado, porque isso te faz sentir que não é sua culpa.

O problema de pessoas como você é que

não são capazes de amar. São

fechadas. São

assustadas. Estão

lidando com outras coisas na vida, sei lá... mas sabem que no fundo têm

o coração fechado. — Ela balançou a cabeça para liberar a tensão. — O que estou dizendo é que você está dizendo que

eu quero ser salva, e diz que

estou imaginando coisas sobre você, e diz que

eu te vejo como um objeto e...

— É assim que eu me sinto — Jack interrompeu. — Você não me conhece nem um pouco. Apenas gosta da *ideia* que tem de mim, de como me encaixo em uma fantasia que tem de namorado. E isso se mistura a pena e a uma espécie de curiosidade mórbida sobre dor e diferença física, e curiosidade sobre a morte da minha mãe e... Argh. É horrível.

— Isso se chama gostar de um cara sem conhecer ele direito — disse Adelaide. — Você gosta da
ideia que tem da pessoa, então
deseja conhecê-la. Isso se chama
não ser fechado, e
ir atrás do que deseja, e
é completamente horrível você sair me dizendo que
tem alguma coisa *errada* comigo e que
é por isso que você não me quer, quando na verdade
você não quer porque seu coração é
frio. É só um
coraçãozinho vazio.

— Isso não é verdade, Adelaide — disse Jack.
— Eu acho que é.
— *Não* é.
— Então o que é?
— Só não estou tão a fim de você — ele afirmou.

Jack soltou um suspiro.

— Obrigado pela ajuda com a cachorra. Você é extremamente bonita e muito inteligente, Adelaide. Mas... olha para mim como se eu fosse um objeto e fala comigo como se não me enxergasse. Inventou mil coisas sobre mim na sua cabeça. Está me ouvindo? Você inventou tudo. Conheci muitas meninas que têm pena de mim e querem me salvar. Ou acham que me encaixo em uma ideia que têm de um herói trágico. É que... Argh. Eu trabalho em uma lanchonete e estou tentando recomeçar em uma escola onde não piso há dois anos, e acabei de perder minha mãe. Não estou em condições de namorar. Então não deveria ter te beijado.

— Várias vezes — ela acrescentou. — E todas as outras coisas.

— Eu sei. Às vezes não sou muito esperto para esse tipo de coisa.

— Mas parecia que você queria. Me levou para nadar e levou bacon para mim.

— Eu queria, naquele momento. Mas não dá mais. Não posso lidar com sua infelicidade e com a minha também.

Com sua infelicidade e com a minha também. Como ele a enxergava com tanta nitidez? Como sabia que ela era infeliz, quando nem mesmo Mikey tinha percebido, pelo menos não conscientemente?

Ele virou e subiu para a cozinha da lanchonete.

— Jack, espera — ela chamou.

Ela achou que talvez ele virasse e mudasse de ideia. Que alguma força maior do que eles dois o levasse a

correr de volta para ela,

se apaixonar por ela,

abraçá-la e lhe dar seu coração e seu corpo

feridos, porém lindos.

Mas Jack só abriu a porta de tela e voltou ao trabalho.

Mensagens.

>Jack, você tem namorada.

...

...

...

>Você deveria ter me contado que tem namorada.

Ela não é bem minha namorada.

>Você deveria ter me contado que estava saindo com alguém.

Eu acabei de me mudar para cá.
Eu e você só saímos algumas
vezes.

Não somos comprometidos,
Adelaide.

>Eu vi quando ela deixou um bilhete no seu carro.

Desculpa.

...

...

        Certo, tudo bem. Eu e você só
        saímos algumas vezes.

        Mas você foi para casa comigo,
        Jack. Então eu pensei...
        Eu pensei que talvez a gente...

        Fiquei surpresa, só isso. De
        você ter ido para casa comigo
        gostando de outra pessoa.

        É melhor eu ficar quieta agora.

Eu acho que ela é minha
namorada, na verdade.

        ...

        ...

        Já entendi.

Mas, Adelaide! Em algum outro
universo, em outro tempo e
espaço, poderia ter sido diferente.
Poderia ter sido você e eu.

Então, sinto muito. Muito mesmo.

20

EU SOU ESSA PESSOA?

Mensagens.

    Socorro. Não estou aguentando
    a nossa mãe.

        Como assim?

Ela fica pisando em ovos.
O TEMPO TODO.

        Quando está com você?

Sim. Ela tem medo de mim.

        Não.

Tem sim.

Bem, ela tem medo do viciado
que existe em mim. É irritante
demais.

    Você tem medo do viciado que
    existe em você?

...

...

Sim.

Eu andei pensando em uma
coisa.

    Fala.

Nas reuniões, temos que dizer:
sou viciado em drogas.

    E?

E...

Eu já disse isso centenas de
vezes. Porque temos que dizer.
Mas...

É verdade, mas também não é
verdade.

Sinto que existe um viciado em
mim, mas o viciado não sou eu.

Quer dizer...

Não sou eu o cara que fez
aquelas coisas.

Sei que sou.

Mas também não sou.

                  Que coisas?

NÃO SOU EU O CARA que
usou drogas, contou mentiras
pegou dinheiro da sua carteira
e não falava mais com você, se
comportou mal na terapia e não
passava de um bunda de trovão.

Tipo, eu fiz tudo isso. Só não
quero passar todos os dias
dizendo a mim mesmo que
sou um grande bosta. Sinto que
sou um humano razoavelmente
legal.

Eu preferiria dizer que era
viciado.

Mas NÃO é isso que devemos
dizer.

Temos que dizer: sou viciado.

Se eu pudesse dizer que era
viciado, não haveria motivo para
a mamãe ter medo.

Mas talvez ela devesse ter medo.

Alguns dia são difíceis. Eu só
quero me entorpecer.

                E o que você faz nesses dias?

Tenho um padrinho. Eu ligo
para ele.

                Abraça

Tomo banho, jogo videogame.
Medito. NÃO RIA.

                Não estou rindo. Não estou
                mesmo.

                Eu entendo querer se
                entorpecer. Bem, não é a
                mesma coisa, mas talvez seja
                parecido. Meu namorado Mikey
                terminou comigo no início das
                férias e eu simplesmente NÃO
                ESTOU BEM desde então.

A mamãe disse que vocês
terminaram de comum acordo.

E que foi uma decisão muito
madura, pois vocês são jovens
demais para passar o verão
todo juntos.

          Não.

          Ele me largou.

          Fugiu, basicamente.

Sinto muito.

          E agora eu... Bem. Tem rolado
          muito DRAMA. A maior parte
          dentro da minha cabeça. E,
          mesmo depois de ter acabado,
          o drama ainda está na minha
          cabeça, se é que isso faz sentido.
          Não consigo deixar para lá e
          nem parar de pensar.

          Então queria me entorpecer.
          Todas as suas ideias para se
          entorpecer continuando sóbrio
          serão bem-vindas.

Jogar *Plantas vs Zumbis*
funciona bem.

                    Rá.

É sério, funciona mesmo.

                Continua o que estava dizendo
                sobre a mamãe.

Então... O que eu sinto é

Que existe um viciado em mim,
mas o viciado não sou eu.

E a mamãe tem medo do
viciado.

Um medo justificado,

Como se ele pudesse me
dominar, como se eu fosse um
lobisomem que se transforma
na lua cheia.

E ela não consegue confiar que
sou eu que estou aqui por causa
do viciado que existe dentro de
mim.

                    ...

                    ...

Adelaide?

                    Desculpa.

?

                    Estou chorando.

Não chora.

                    Não é culpa sua.

                    Eu só

Não chora. Eu estou bem.
Estou sóbrio.

Meu intervalo de almoço
terminou. Preciso ir.

Mas...

Seu irmãozinho lobisomem
está pensando em você mesmo
durante o trabalho.

                    Tchau.

Abraça

Espera. Como foi com a Darcy?

Você dá ótimos conselhos. 😊

Mas meu padrinho me lembrou:

Não devo ter nenhum
"relacionamento" por pelo
menos um ano. Faz parte
do tratamento. Então, afe. Eu
confessei. Contei que era um
dependente em recuperação. E
que gosto dela, mas não posso.

E?

Ela ficou desconfiada. Foi para
casa logo. E ficou três dias
sem olhar na minha cara. Mas
agora voltou a falar comigo. Um
pouco. E fomos comer com os
outros orientadores outro dia.
Então até que não está tão ruim.

Ah, não. Buuu.

É. Buuu.

PARTE III

21

MIKEY DOIS LS EM MÚLTIPLOS UNIVERSOS

Adelaide jantava com seu pai toda noite e, quando terminavam de lavar a louça, ele ligava para Rebecca e ia para o quarto conversar.

Ele dizia: "Ah, que bom ouvir sua voz", ou "Estava pensando em você hoje". Adelaide dava "oi" e falava com a mãe quando necessário, mas não entendia muito bem o entusiasmo de Levi. Ou sua mãe estava atordoada devido à dor ciática não medicada e fazia perguntas forçadas sobre o bem-estar de Adelaide, ou estava animada mas atolada em uma poça de preocupações. Algumas das preocupações até eram razoáveis (Será que Toby poderia ir a uma festa com amigos, ou seria melhor ela não deixar?) e outras eram extremamente banais (Adelaide ainda estava tomando refrigerante diet? Porque Rebecca tinha lido um artigo dizendo que aquilo era um veneno). Era a forma de Rebecca demonstrar que se importava: com agitação e perguntas sobre boa nutrição, sono, uma vida equilibrada, ar puro. E emojis de baleia.

De manhã, Adelaide passeava com os cachorros. Depois, deitava nos sofás das salas dos donos, cansada e com calor. Cochilava ali no fim das manhãs, deixando os cachorros circularem por casas que não eram deles até finalmente se acalmarem. Ao longo dos dias, bebeu um engradado de garrafinhas de água com gás na casa da dona de Pretzel, uma professora de ciências divorciada que tinha dois filhos pequenos.

Se sentiu mal por isso e disse a si mesma que reporia o que consumiu.

Trabalhou em sua maquete de *Loucos para amar*.

Cortou papelão com estilete.

Entalhou tijolinhos

minúsculos nas paredes e na parte visível da fundação do hotel.

Construiu um pequeno ventilador de teto e fez tomadas elétricas em miniatura.

Stacey S. voltou para passar mais uma noite.

— Você ainda está apaixonada por Mikey, essa é minha avaliação — ela disse quando soube do fim das coisas com Jack.

As duas tinham saído para comprar, com um orçamento limitado, sutiãs que não fossem feios em uma loja chamada Henrieta Artigos de Dança e Lingerie, que ficava do outro lado da cidade da Alabaster.

— Não estou apaixonada por Mikey.

— Você precisa desencanar do amor.

— Eu desencanei do amor.

— Não acho. Ainda acho que tudo tem a ver com Mikey.

— Não dê uma de psicóloga para cima de mim.

— Certo. Tudo bem — disse Stacey, entrando no provador minúsculo para experimentar coisas e continuando a falar por detrás da cortina florida. — Só quero que você seja feliz. Eu contei que Camilla foi tomar café com a ex-namorada e supostamente esqueceu de me contar? Eu fiquei sabendo pela mãe dela, que disse: "Ah, ela saiu para tomar café com a Jane". Liguei na casa dela porque ela não estava atendendo o celular. Depois Camilla ficou toda: "Ah, achei que tivesse contado, eu nunca deixaria de te contar", e também "Foi só um café, e eu não deveria ter que te contar tudo o que eu faço".

— Pelo visto ela não é tão legal — disse Adelaide.

— Não, nada disso. Ela é legal. Esse sutiã é horrível.

— Sair em segredo com a ex-namorada não me parece coisa de gente legal.

— Não. Foi só esse café, só essa vez. Ela não me pareceu nada sincera, só isso. E eu falei: "Bem, eu vou visitar a Adelaide, então, e você pode tomar café com a Jane a porcaria do fim de semana inteiro, se quiser. Tanto faz, nem vou estar aqui mesmo".

— Ah, você está com saudade dela! — exclamou Adelaide.

— Droga, pior que é verdade — confessou Stacey.

— Quer ligar para ela?

— Acho que sim. Ah, esse sutiã ficou bom, você pode olhar.

Adelaide espiou pela cortina. O sutiã de Stacey era verde-limão.

— Vou levar nessa cor e no rosa — disse Stacey.

— Acho que tem em amarelo também.

— Certo. Vai experimentar algum?

— Sim, vou experimentar aquele marrom estranho e este florido enquanto você liga para a Camilla.

— Acha que devo?

— Acho — Adelaide disse. — Me dá os sutiãs e pode sair.

Stacey S. ainda estava preocupada com as inscrições nas faculdades. Adelaide achou que ela estava sendo um tanto quanto ambiciosa. Ambas tinham feito as provas e escrito rascunhos antecipados da dissertação que as faculdades costumam exigir. A Alabaster as obrigava a fazer tudo isso. Mas Stacey, com suas planilhas e sites salvos, enfrentava o processo de admissão com valentia. Tinha levado um livro enorme sobre as faculdades no ônibus. As páginas estavam marcadas com notas adesivas coloridas.

— Quando terminar, você precisa fotografar a maquete do cenário que está fazendo para o seu portfólio — ela disse a Adelaide mais tarde, enquanto comiam croissants de amêndoas no café preferido das duas.

Adelaide suspirou.

— Meu pai disse a mesma coisa. Principalmente porque minhas notas são ruins. Ele disse que preciso de um portfólio de arte para mostrar meus pontos fortes. Mas isso meio que me dá vontade de vomitar.

— Não, não vomita. A maquete parece incrível. Você deveria fotografar seus dioramas de Lego também.

— Nenhuma faculdade quer ver coisas de Lego.

— Talvez queiram. Gostei daquele que você fez para mim.

Adelaide tinha feito para Stacey uma versão de Lego do quarto delas.

— A maior parte das minhas coisas feitas com Lego está em Baltimore, na verdade.

— Vai voltar para casa neste verão?

— Não se eu puder evitar.

O processo para entrar na faculdade fazia Adelaide se sentir oprimida e envergonhada. Ela não conseguia imaginar a vida além do ano seguinte na Alabaster. Estava apenas tentando chegar ao fim do verão. Não era de fazer planos, mesmo quando estava bem, mas no presente estava consumida por seus próprios pensamentos, incapaz de concentrar sua atenção no mundo para além de si mesma.

Algumas manhãs, ouvindo podcasts com seu pai, Adelaide resolvia prestar atenção nas notícias. Afinal, o país estava indo para o inferno. Havia direitos pelos quais lutar, causas sobre as quais aprender. Ela fazia planos de ler um certo número de artigos todos os dias, mas a resolução nunca durava mais que uma única manhã. A força magnética de sua vida interior era forte demais.

Droga. Eram quase onze horas. Adelaide pulou da cama.

Estava atrasada para sair com os cachorros. Muito atrasada.

Stacey ainda estava dormindo ao seu lado.

Ela vestiu uma roupa qualquer, pegou o enorme chaveiro e saiu correndo.

GD Pã era o mais propenso a fazer cocô no chão, então Adelaide foi na casa dele primeiro.

Sim, ele já tinha feito.

Ela levou ele e Voldemort para fora, deixando o cocô lá, porque Voldie estava apertado demais.

Pretendia voltar e limpar, mas, assim que saiu, percebeu que deveria ir imediatamente à casa de EllaBella.

EllaBella correu para fora sem esperar Adelaide prender sua guia na coleira.

Pobrezinha. Já haviam se passado dezenove horas.

Adelaide levou os três até a casa de Pretzel. Que tinha feito uma enorme e fedorenta poça sobre um tapete vintage.

Na casa de Coelha, a cachorra correu para dentro, olhando para trás. Adelaide a seguiu com todos os cachorros, e Coelha mostrou a eles uma poça com um cocô enorme ao lado. *Sinto muito*, disse Coelha.

Como ela era a última, Adelaide resolveu limpar. Soltou as guias de todos e foi procurar papel-toalha e produtos de limpeza.

Isso foi um grande erro. Os cachorros soltos, curiosos com a sujeira de Coelha, correram para cheirar. Pisaram em tudo, depois saíram andando, espalhando cocô e xixi por tapetes e pisos, e até no sofá.

Adelaide desabou. Sentou no chão e começou a chorar.

Ela pensou: *eu mereço isso.*

É culpa minha por ter dormido até tarde.

Por esquecer de programar o alarme no celular.

Esses pobres cachorrinhos solitários confiaram em mim e eu os decepcionei de graça.

O celular de Adelaide apitou.

Era uma mensagem de Mikey.

>Ei. Como você está?

Ele tinha entrado em contato algumas vezes nas últimas semanas, enquanto estava em Porto Rico. Ainda queria ser amigo.

Adelaide estava feliz por ele sentir falta dela.

Ela sempre escrevia a mensagem de seis formas diferentes antes de enviar, tentando mostrar como estava feliz sem ele. Mas, naquele momento, com o tsunami de xixi de cachorro que se desenrolava à sua volta, escreveu:

> Ando trocando muitas
> mensagens com meu irmão.
> Nunca te contei, mas ele está
> em recuperação.

 Ela esperava que o coração de Mikey se partisse por ela, agora que havia revelado a causa da tristeza que nunca tinha mencionado a ele e que, contudo, o impedia de amá-la.
 Agora contaria a ele.
 Alguma parte da alma de Mikey se aproximaria e lembraria como ele a amava. Ele respondeu:

> Nossa. Mas que bom
> que ele está se recuperando!

 Só que, enfim, ele não a amava.

Ela sempre escrevia a mensagem de seis formas diferentes antes de enviar, tentando mostrar como estava feliz sem ele. Mas, naquele momento, com o tsunami de xixi de cachorro que se desenrolava à sua volta, escreveu:

> Cheguei a um estado de
> desespero em que estou
> sentada em xixi de cachorro.

Mikey digitou,

 Ha!

É sério.

Muito engraçado. Bjs

Adelaide se sentiu desprezada. Tinha mostrado sua situação real e repugnante a Mikey e ele havia ignorado. Será que algum dia ele *realmente* quis saber a verdade sobre a vida dela?

O celular dela apitou.

Era uma mensagem de Mikey Dois Ls. Uma foto deles no baile de primavera. Adelaide estava com um vestido sem alça preto e rindo tanto que sua gengiva aparecia. Mike a abraçava. Eles tinham dançado muito, e ele parecia suado, com sua camisa branca limpa e gravata verde. Era um suado limpo, como sempre.

Um segundo depois, chegou mais uma foto. De alguns minutos mais tarde, naquela mesma noite, uma selfie dos dois se beijando. O queixo de Adelaide estava estranho. Mikey estava gato. E uma terceira mensagem:

Nós.

Adelaide ficou um bom tempo olhando para as fotos. Levantou e foi até a cozinha da casa de Coelha. Limpou a sujeira e todas as pegadas dos cachorros. Conseguiu tirar a mancha do sofá. Colocou as guias nos cachorros e lavou as mãos.

Depois respondeu para Mikey:

Não existe mais nós.

O celular dela apitou.

Era uma mensagem de Mikey Dois Ls. Uma foto.

Depois outra.

E uma terceira mensagem:

 Nós.

Adelaide respondeu.

    Oi.

O telefone tocou.

— Estou com saudade — ele disse quando ela atendeu.

— Eu também.

— Eu te devo dezessete desculpas. Queria poder te ver agora e dizer tudo que precisa ser dito pessoalmente. É tão estranho por telefone.

Ele poderia vê-la, claro. Já tinha voltado de Porto Rico e morava a apenas três horas de distância.

— Estou com os cachorros — ela disse. — Hoje de manhã passamos por uma catástrofe fecal de proporções épicas.

— E como está indo?

— A catástrofe? Estou quase terminando de limpar — ela mentiu. — E os cachorros me amam. Esse é o lado bom.

— Eu te amo.

— O quê?

— Cometi um erro terrível terminando com você.

Ela não disse nada.

— Não sei o que deu em mim — continuou Mikey com sua voz maravilhosa e familiar no ouvido dela. — Foi idiotice. Fiquei com medo de ficarmos juntos o verão todo. Sem nossos amigos. Parecia intenso demais. Fui para casa, e a princípio fiquei aliviado. Mas depois, em Porto Rico, só conseguia pensar em você. Nem consegui olhar para outras meninas.

Adelaide de repente ficou
gloriosamente feliz. Foi
terrível ficar
gloriosamente feliz por
Mikey estar
triste, e
terrível até estar
gloriosamente feliz por
Mikey a amar,
já que Adelaide tinha fracassado completamente em ser feliz quando ele não a amava. Era, afinal, uma má ideia atrelar sua felicidade aos sentimentos de *outra pessoa*.

Mas era assim que as coisas eram. Estava tudo atrelado.

— Estou com saudade de você, Adelaide — Mikey disse. — Estou com tanta saudade. Posso ir te ver?

— Sim — ela respondeu. — Pode vir me ver.

22

OSCAR, TERRANCE, PERLA E OS M&M'S

Adelaide se sentia lúcida pela primeira vez naquele verão.

Stacey tinha razão. Toda a história com Jack, na verdade, tinha a ver com Mikey Dois Ls.

E Jack estava certo. Ela *havia*
objetificado e idealizado e agido de um jeito estranho a respeito de sua diferença física, suas cicatrizes e seu luto.

Não o havia enxergado de verdade.

Mas isso tinha acontecido porque ela era
incapaz de enxergá-lo de verdade, porque
a pessoa que amava era Mikey Dois Ls.

Ela mal podia esperar para ouvir a voz dele no ouvido e sentir seu cheiro de novo; sentir os músculos de seus ombros sob as mãos, olhar para seu rosto sincero e se sentir feliz de novo.

O pai disse que Mikey poderia ficar na casa deles mas teria que dormir no sofá da sala. Adelaide concordou e Mikey disse que teria que trabalhar no acampamento de esgrima a semana toda, mas chegaria no ponto de ônibus às dez da noite da sexta-feira.

Adelaide combinou de encontrá-lo lá, na frente da entrada principal do campus, perto da fonte que exibia o símbolo não oficial da escola, a estátua de um peixe que todos chamavam de Barrigudinho.

Perto das dez da noite, ela foi caminhando até lá. Pretendia levar Mikey direto para conhecer os cachorros, pois precisava levá-los para passear antes de dormir.

Mas Mikey ainda não tinha chegado. No lugar dele, encontrou Perla Izad, sentada na base larga da fonte, conversando com Oscar e Terrance.

— Boa noite — disse Perla.

— Adelaide! — exclamou Oscar. — Nós fomos ao cinema.

— Oi — Adelaide disse, procurando por Mikey nos arredores. — Vocês se conhecem?

— Agora sim — disse Perla. — A gente se conheceu hoje à noite, na exibição de filmes de filosofia.

— O filme foi muito assustador — disse Terrance.

— Mas Catherine Deneuve estava ótima — completou Oscar. — Terrance e eu entramos escondidos, mesmo não estudando aqui.

— Vocês não entraram escondidos — disse Perla. — A exibição é aberta ao público.

— A sensação foi de estar entrando escondido — confessou Oscar.

— Todo mundo ali era universitário — disse Terrance. — Foi mesmo esquisito.

— Achei o filme machista — disse Perla —, mas também sinfônico.

— Sinfônico, sério? — perguntou Oscar.

— Gosto de palavras difíceis. — Perla começou a rir sem parar.

Adelaide se perguntou se eles tinham fumado maconha.

— Acho que você não sabe muito bem o que significa *sinfônico*. — Oscar virou para Adelaide. — Era dirigido pelo Roman

Polanski. Ele é uma pessoa bizarra. Só que o filme também foi incrível. Estamos discutindo se podemos ou não gostar dele.

— Acho que não podemos, na verdade — disse Terrance.

— O cabelo da Deneuve estava bonito — comentou Perla. — Como ela conseguiu deixar daquele jeito? Será que era peruca?

Oscar deu de ombros.

— Não entendo nada de cabelo.

— Fiquei de encontrar um amigo aqui — Adelaide disse. — Vocês viram um menino de ascendência asiática e cabelo curto esperando?

— Não vimos — respondeu Terrance.

— Sabem se o ônibus já passou?

— Acho que a gente lembraria disso — afirmou Perla. — Estamos sentados aqui faz o quê? Umas duas horas? Yael ficou um pouco com a gente, mas foi dormir há pelo menos uma hora.

— O nome dela era Yael? — perguntou Oscar. — Eu tinha esquecido.

— Aham. Ela estuda na Oberlin.

— Ahhh, eu quero estudar na Oberlin. Eles têm um conservatório musical.

Adelaide olhou no celular. Nenhuma mensagem. Ela escreveu para Mikey.

Cheguei. Cadê você?

— Quer um conselho? — perguntou Perla. — Se ele te deixa esperando, não vale a pena esperar por ele.

Terrance riu.

— Estou preocupada, será que aconteceu alguma coisa com ele? — comentou Adelaide.

Chegou uma mensagem de Mikey.

> Eu te mandei um e-mail mais
> cedo. Não recebeu?

Adelaide quase nunca olhava o e-mail nas férias.
Parou para fazer isso naquele momento.
Ele tinha enviado um e-mail pela manhã.

> Querida Adelaide,
>
> Passei a noite em claro,
> pensando.
>
> É melhor não ir te visitar.
>
> Estou com saudades e gosto de
> você, mas estou confuso demais
> no momento. Preciso organizar
> minha cabeça primeiro.
>
> Mikey

Adelaide mandou uma mensagem para ele:

> > Por que você mandaria uma
> > coisa dessas por e-mail?

E Mikey não respondeu.
E continuou sem responder.
Ela mandou outra mensagem.

> > Por quê? Eu só fui ver agora.

Oscar, Terrance e Perla estavam conversando.

— Ele furou com você? — Perla perguntou a Adelaide. Adelaide fez que sim e mordeu o lábio.

— Vem sentar com a gente — chamou Oscar.

— Seja quem for, ele não te merece — afirmou Perla. — E a noite está linda.

— Temos m&m's de amendoim — disse Terrance. — Ou melhor, Perla tem.

Perla vasculhou a sacola e tirou um saco gigante de m&m's pela metade.

Adelaide pegou alguns. Ela se concentrou na dupla crocância entre os dentes, a casquinha doce e depois o amendoim. Se concentrou para não chorar.

— Eu costumava fazer pedidos enquanto comia os verdes — ela disse. — Com meu irmão.

— Pronto, cada um pega um m&m's verde — Oscar disse. Perla o deixou olhar dentro do saco. Ele encontrou um verde e pegou. — O que temos que fazer?

— Não pode falar enquanto mastiga, ou o desejo não se realiza — explicou Adelaide.

— Espera — disse Perla. — É melhor todo mundo fazer ao mesmo tempo.

— Certo — Oscar concordou.

— Peraí, preciso pegar um — disse Terrance, levantando para olhar dentro do saco.

Os quatro pararam para fazer um pedido.

Adelaide desejou amar alguém e ser correspondida.

E amar alguém sabendo que era aquela pessoa que amava, e não alguma idealização dela.

Talvez fossem dois pedidos. Talvez fosse um só.

Eles mastigaram os M&M's em silêncio.
Depois Adelaide se despediu e foi cuidar dos cachorros.

Ela levou EllaBella para casa por último aquela noite. Vagou pela casa do sr. Byrd, acendendo as luzes. Observou seus livros. Eram tantos que não cabiam nas estantes. Estavam empilhados na mesa de centro.

O escritório era o maior cômodo da casa. EllaBella tinha uma caminha lá, e havia halteres no canto. Na parede, uma grande pintura emoldurada de um jovem negro, cercado de flores, como um retrato em estilo antigo que tinha sido modernizado.

Adelaide sabia que não deveria perambular pela casa de Byrd desse jeito. Só queria... bem, ver quem ele era. Como vivia.

A cama tinha lençóis e fronhas azuis.

O banheiro da suíte tinha vários tipos de hidratantes.

Ela deitou na cama dele, por cima da colcha. Os travesseiros, com suas fronhas azuis, estavam frios.

EllaBella subiu na cama com ela. Adelaide ligou a televisão do sr. Byrd, passeou pelos canais.

Adultos como ele deviam saber como amar pessoas do jeito que essas pessoas gostavam de ser amadas.

Não falavam demais. Não eram zangados demais, nem tristes demais.

Seu amor era retribuído, por seus amantes, por seus irmãos.

Não se apegavam demais a cachorros que nem pertenciam a eles.

23

O IRMÃO DE ADELAIDE, UMA HISTÓRIA EM DOZE PASSOS

Mensagens.

    Adelaide.

        Toby.

Nos doze passos, nós temos que
nos desculpar com as pessoas
que prejudicamos enquanto
estávamos drogados.

        Eu sei. Você já me pediu
        desculpas.

Quero me desculpar de novo.
Fui estúpido, horrível e egoísta
com você. Espero não ter
estragado nossa relação para
sempre, porque você é minha
irmã e te acho legal.

Hoje de manhã, encontrei umas
cartas que você escreveu quando
eu estava na clínica. E as fotos
que mandou.

Eu nunca respondi.

                  Não tem problema.

É como se eu nem fosse eu
naquela época.

Eu também não era o
lobisomem. Era, tipo, sei lá,
uma pedra fria.

Pedras não conseguem
escrever cartões-postais.
Nem mandar mensagens.
São péssimos irmãos.

Então eu peço desculpas
por isso.

                  Quando você estava em
                  Kingsmont, sabe que a mamãe
                  e o papai praticamente me
                  disseram para não te visitar, certo?
                  Disseram: Não vá nas visitas. Foi
                  por isso que eu mandei cartas.

     Mas eu queria ter te visitado.

As cartas são ótimas, na
verdade. Vou guardar todas até
ficarem supervelhas e aparecer
com elas no seu aniversário de
cinquenta anos.

     Você é muito estranho.

24

LOUCOS PARA AMAR EM VÁRIOS MUNDOS POSSÍVEIS

Adelaide sabia que estava perto de terminar a maquete para Kaspian-Lee, mas seu sistema de iluminação se recusava a ficar no lugar. Na verdade, a estrutura tinha quebrado em algum momento, e Adelaide precisou refazê-la. Depois teve uma nova ideia para estender as luzes por toda a parte de cima da caixa.

Quando ajustou a estrutura como pretendia, nada deu errado. As peças se encaixaram nos espaços destinados a elas. A pistola de cola quente funcionou.

Ela estava olhando para uma maquete finalizada.

Era um quarto de hotel barato coberto de tinta refletiva,
    como a que é usada para pintar as faixas brancas no meio da estrada.
        A mobília desgastada ocupava de maneira estranha aquele
        surreal, quase
        transcendente quarto que
        brilhava e cintilava do
        teto ao chão.

Era um quarto repleto de
    penas de travesseiros rasgados.
    Penas recobriam as paredes e
    cadeiras e a mesa. Todos os
    pertences de May eram
    vermelhos, como o vestido. Sua
    mala era vermelha,
    sua caneca de café,
    os cabides que usava para as roupas.

Era um quarto de hotel barato repleto dos
    esqueletos de pessoas que tinham
    dormido ali antes. Havia
    esqueletos nas cadeiras,
    esqueletos debaixo da cama, até um
    esqueleto na
    banheira que dava para ver pela fresta da porta.

Era um quarto de hotel barato totalmente dourado, com paredes de tijolinhos expostos dourados. A cama ficava pendurada na parede, desarrumada. Era maior do que uma cama de casal normal e ficava de frente para a plateia, bem no centro.
    Havia uma
        televisão. E uma

cafeteira. Ambas pareciam
sofrivelmente fuleiras, pintadas de dourado.
May também tinha vários
cartões-postais pregados em um triste muralzinho de cortiça. Não eram dourados, mas serviam como prova da
vida interior de May além do quarto.
Do lado de fora da janela não havia nada além de
terra, com algumas latas velhas enterradas.
Embaixo do quarto dava para ver a
fundação e a
terra sobre a qual ficava, e embaixo da terra,
dois esqueletos humanos enterrados juntos, os ossos entrelaçados.
Aquilo expressava, Adelaide tinha a sensação, a
Estranha grandiosidade da mente humana.
May e Eddie, os amantes da peça, com certeza tinham aquela estranha grandiosidade.
E a própria peça também.
Adelaide tinha feito esse estranho objeto durante o solitário e obsessivo verão de gema de ovo atormentada, e estava
orgulhosa dele.

A professora estava no estúdio quando Adelaide chegou com a maquete finalizada. Docinho estava circulando pelo chão, procurando alguma coisa para comer.

— Parabéns — disse Kaspian-Lee.

— Por quê?

— Estou impressionada — ela disse. — Sempre suspeitei

que você tinha uma mente original. Compreende como um projeto criativo se conecta, mesmo que as partes não pareçam relacionadas umas às outras. Entende como uma coisa ridícula ou surreal pode revelar algo profundamente verdadeiro a respeito da experiência humana. Esse trabalho é muito original e peculiar, Adelaide Buchwald.

— Obrigada.

— Já vi muitos e muitos projetos para *Loucos para amar*, mas nunca nenhum me emocionou tanto quanto este. Posso ver a tragédia de May e Eddie escrita nas paredes. Está sob o chão antes mesmo de a peça começar, e a tragédia é fascinante, e ao mesmo tempo suja e feia, como uma mancha. Esses personagens não podem escapar dela.

Adelaide sentiu uma onda de validação. Era boa nisso.

Tinha sido vista.

A professora estava no estúdio quando Adelaide chegou com a maquete finalizada. Docinho estava circulando pelo chão, procurando alguma coisa para comer.

— Precisamos ter uma conversa.

— Tudo bem.

— Porque você não fez o que eu pedi.

— O quê?

— Não é o trabalho que foi pedido — Kaspian-Lee repetiu. — Está surpresa?

— Muito.

— Não entendo o motivo.

— Fui cuidadosa com as medidas — Adelaide disse a ela.

— E é um quarto de hotel barato. Tem todas as coisas necessárias para a história... Bem, imaginei que a cafeteira também pudesse fazer chá. Eddie oferece chá, não café. Sei disso.

— Não se adequa à peça — Kaspian-Lee disse, num tom neutro, como se fosse um fato, não uma opinião.

— Como assim?

— Você colocou Adelaide Buchwald demais aqui, e não sobrou nada para Sam Shepard.

— E isso é ruim?

— A cenografia deve ajudar a contar a história que o dramaturgo colocou em palavras. O que você fez foi brincar com tinta spray dourada e colocar um monte de símbolos óbvios por toda parte — disse a professora. — Não pedi um projeto de arte amador. Pedi que você facilitasse a narrativa de Shepard.

— Não pode ouvir minha defesa? Preparei respostas para tudo o que me disse. Eu me dediquei muito.

— Quando você me diz que se dedicou muito, vejo que não compreendeu. Quanto você se dedica é irrelevante. O que importa é o resultado. E esse projeto não funciona porque, em sua essência, não é nada além de você querendo aparecer. Sinto muito, Adelaide, mas é a verdade.

Era inútil. Adelaide não conseguia agradar a Kaspian-Lee. Ela não conseguia agradar a *ninguém*, na verdade. Não agradava a
    sua mãe (que era tão carente),
    seu irmão (que com frequência era inexpressivo),
    Mikey Dois Ls (que queria alguém feliz),
    Jack Cavallero (que não estava interessado),

à diretoria (que havia lhe advertido que poderia ser expulsa), nem
ao setor de admissões das faculdades, que deviam estar analisando seu péssimo histórico escolar.
A raiva corria por suas veias. Ela pegou a maquete e
jogou no chão do estúdio. Ela
pisoteou tudo e
acertou com um furador de metal. Ela
rasgou e
chutou até aquela
coisa estúpida e feia ficar em pedacinhos.
Adelaide deixou os
escombros
no chão da sala de aula enquanto Kaspian-Lee a encarava, boquiaberta.

— Espera — disse Adelaide.

Kaspian-Lee virou.

— Você não pode tratar as pessoas assim. Não me importa quem você é nem o que está passando, não pode acabar com o projeto de alguém como se não significasse nada.

— Você está tentando evitar uma coisa que já aconteceu — Kaspian-Lee disse calmamente.

— Sei que não está interessada em me ouvir. Sei que não está interessada em saber por que fiz o projeto como fiz, mas deveria repensar de verdade sua habilidade de lidar com pessoas, porque você é péssima nisso.

Um longo momento se passou.

Por fim, Kaspian-Lee disse:

— Você tem razão, na verdade. Sabe, muito recentemente terminei meu relacionamento com Martin Schlegel e sua imaginação pornográfica.

— O quê?

— Não estou mais com o sr. Schlegel. Docinho e eu não vamos mais para a praia, no fim das contas. Estou passando por uma espécie de crise pessoal.

— Ah.

— Estou sem dormir. Também não estou comendo direito — afirmou Kaspian-Lee. — É como se houvesse...

Ela interrompeu o raciocínio.

— Uma membrana feia, escorregadia e viscosa entre o restante do mundo e você? — perguntou Adelaide. — E a membrana é o término do relacionamento? Uma gema de ovo atormentada?

— Exatamente — disse Kaspian-Lee.

Adelaide levou a maquete para casa. Colocou-a na mesa de jantar.

Ligou para Toby. Tinha passado o verão todo sem ouvir a voz dele.

— Oi, Adelaide.

— Toby.

— E aí? Estou na minha hora de almoço.

— Minha professora maluca odiou
meu projeto de cenografia, e nem sei o que ela
odiou tanto, além de ter muitos detalhes ou ser
brilhante demais ou de eu ter

me exibido demais, ou sei lá o quê, mesmo estando
muito caprichado e com todas as medidas perfeitas, e depois
eu dei uma bronca nela e disse que ela era péssima lidando com pessoas.

Acho que ela me reprovou, o que significa que
não vou conseguir passar na recuperação, o que significa que
muito provavelmente vou voltar para Baltimore, mas nem sei direito, porque estava muito ocupada brigando com ela e não perguntei. E
Mikey disse que me amava e
me queria de volta, mas depois
mudou de ideia. Um cara
com quem eu estava saindo, Jack,
não quer nada comigo.
E sinto que consigo enxergar um
futuro com Jack, e consigo enxergar um
passado com ele,
versões do passado que não aconteceram. Posso vê-las, como memórias.

Parece importante, de alguma forma. Como se importasse mais do que qualquer outro relacionamento jamais poderia importar. Mas talvez seja só o que eu sinto por Mikey embaçando e se misturando com o que sinto por Jack, e portanto quando
penso que amo Jack, a realidade é que
amo Mikey, e a verdade é que
tenho algumas
tendências românticas obsessivas. Tipo, eu acabei de te dizer que isso importa mais do que qualquer outro relacionamento jamais poderia importar, mas nem estou mais saindo com ele. Não tem mais nada entre nós.

Talvez eu até seja, tipo,
viciada em amor, ou em relacionamentos, ou algo do tipo.
É como se estar apaixonada fizesse eu me sentir melhor, muito melhor, do que no restante do tempo. Exceto quando me deixa péssima.
Talvez seja uma
onda de endorfina? Ou
validação?
Tendência romântica obsessiva — isso não é uma boa qualidade em uma pessoa.
Fiz uma maquete linda, Toby, e levei quase o verão inteiro, mas aí Kaspian-Lee me disse que não era linda, afinal.
Ela quase
mudou
como
me sinto
em relação a algo que fiz, e isso me parece errado, sabe?
Não
deveria
ser
eu
que
decido
como
me
sinto
em relação a algo que fiz?
— Adelaide — Toby interrompeu em tom carinhoso. — Você está chapada?

— Não. Não. Eu não estou chapada. Não estou.
— Você está meio assustadora. E estranha.

Adelaide respirou fundo, trêmula.

— Não estou bem. Não estou bem neste momento. Mas não estou chapada.

— Certo.

— Certo.

— Quer começar do início? — Toby perguntou. — Tenho meia hora antes de ter que voltar para o trabalho.

E foi o que ela fez.

PARTE IV

25

UMA MORDIDA, EM UM MUNDO AINDA NÃO VISLUMBRADO

Era o terceiro dia do emprego de férias de Adelaide Buchwald, no verão do penúltimo ano do ensino médio no internato. Seu trabalho era levar cinco cachorros para passear, de manhã e de noite. Eles pertenciam a professores que estavam de férias.

Na manhã em que conheceu Jack, Adelaide levou todos para a pracinha no campus da Escola Preparatória Alabaster. O cachorródromo era um espaço cercado, com chão de areia e rodeado de árvores. Ela soltou os cachorros e sentou em um banco enquanto eles brincavam.

Mandou uma mensagem para a mãe contando do término com Mikey.

Lorde Voldemort e Pretzel corriam um atrás do outro, brincando. Coelha rosnava para alguma coisa do outro lado da cerca.

E, de repente, um menino apareceu. Ele já tinha entrado no cachorródromo quando Adelaide o viu, parado debaixo de uma árvore, com um cachorro branco e peludo na coleira.

Adelaide reconheceu o cachorro. Era Docinho. Docinho pertencia a Sunny Kaspian-Lee.

Um instante depois, Adelaide reconheceu o menino também, embora com certeza nunca o tivesse visto na Alabaster.

Ele tinha um rosto simpático em forma de triângulo invertido e lábios grossos. Ombros largos, nariz fino, bochechas bem barbeadas, orelhas delicadas. Os cabelos castanho-claros eram ondulados e um pouco bagunçados. Ele era o tipo de pessoa que se vê imortalizada na estatuária romana, a pele em um tom quente de oliva, queixo e pescoço fortes.

Ela o conhecia. Tinha certeza disso.

Ela lembrava daquele andar.

O menino soltou a guia da coleira. Docinho saiu correndo para cima de Coelha, e Coelha deu um pulo com um latidinho ansioso.

O menino riu, cobrindo a boca.

— Coitado do cachorrinho — ele disse.

A cachorra Coelha pulou a cerca.

Foi seguida por Docinho.

Adelaide e Jack saíram correndo, embora Jack não estivesse ajudando muito, segurando a guia e chamando:

— Doce! Vem aqui, Doce!

Docinho e Coelha estavam rolando na grama perto do Bloco Hobbs, correndo em círculos feito loucas. Adelaide agarrou Coelha, uma pit bull nem um pouco delicada, segurando-a com uma das mãos ao redor do peito.

Coelha latia agressivamente, e Docinho rodava, ganindo.

Adelaide estava com dificuldade para segurar Coelha, e, quando menos esperava, os dentes da cachorra estavam afundados em seu pulso. Com força.

— Solta, Coelha! — ela gritou. — Larga! (Até parece que Coelha largava *qualquer* coisa quando pediam.)

A mordida não era de brincadeira. Coelha travou os dentes e começou a balançar a cabeça, perfurando a pele de

Adelaide. Rasgando. Sangue começou a respingar enquanto a cachorra sacudia o braço dela. Adelaide puxou a orelha de Coelha com a outra mão.

— Me solta!

Mas Coelha se mantinha firme.

Jack apareceu, se inclinou e deu um soco na cara de Coelha, acertando-a bem no focinho.

Coelha cambaleou, mas continuou com os dentes firmes, então Jack deu outro soco nela.

Coelha soltou o braço de Adelaide e se encolheu no chão, recuando, envergonhada. Rabo entre as pernas. Ganindo.

Adelaide segurou o braço junto ao peito.

— Obrigada.

— Você está bem? — Jack perguntou.

Ela não estava. Não sentia dor nenhuma, mas estava sangrando profusamente. Sabia que deveria olhar, mas não conseguia imaginar afastar a mão do ferimento que havia coberto por impulso.

Jack tirou a camisa.

Nossa, ele era bonito.

Adelaide se sentiu zonza, como se não tivesse sangue suficiente na cabeça. Estava jorrando todo por seu pulso. Por que ele estava sem camisa? Será que ela estava alucinando?

Ela percebeu que ele havia prendido Docinho de volta na guia.

Ele havia mesmo se dado ao trabalho de pegar Docinho antes de socar Coelha? Para que Kaspian-Lee não perdesse o cachorro? Ou tinha feito isso depois?

Que tipo de pessoa perde tempo prendendo um cachorro na guia quando o pulso de alguém está sendo destroçado?

Ah, ele ainda estava sem camisa. Uau.

Ele entregou a camisa a ela.

Adelaide envolveu o pulso com o tecido para diminuir o sangramento.

Agora ela sentia o ferimento. Uma dor cortante e ardente que irradiava pelo braço.

Coelha estava encolhida perto da cerca, queixo no chão. *Sinto muito*, ela disse. *Sou uma cachorra feia. Sei que não deveria ter feito isso. Eu sei. Sou uma cachorra feia.*

— Você precisa ir para o hospital — afirmou Jack.

Você sempre foi legal comigo, disse Coelha. *Eu acabei me empolgando demais. Aquele menino me deixa nervosa. Por favor, não me odeie.*

— Preciso levar os cachorros para casa. Não posso deixá-los aqui — Adelaide disse.

A ideia de tentar dar as chaves para Jack, explicar a ele todos os endereços — ela nem *sabia* os endereços, apenas onde as casas ficavam —, parecia impossível.

Jack ainda estava sem camisa. Bem, é claro que estava. Ele tinha uma cicatriz na lateral da barriga. Era grande e grossa. Zonza, Adelaide ficou imaginando o que teria acontecido com ele.

O sangue começou a manchar o algodão.

— Certo, vamos fazer o seguinte... — ela disse a ele. — Vou colocar a guia em todos os cachorros. Coelha vai ficar bem. Ela está arrependida. Mas não gosta de você. Vou levar todos eles de volta para casa. E você vem comigo caso eu desmaie ou algo do tipo. Quando deixar o último cachorro, a gente liga para o meu pai. Mas não antes disso, ou ele vai tentar me levar para o hospital antes de os cachorros estarem em casa.

O menino concordou.
— Certo — Adelaide disse. — Então vamos.

No hospital, Levi ligou para a mãe de Adelaide e a colocou no viva-voz.
— Ah, minha querida, você está bem?
— Estou ótima — disse Adelaide. — Dentro do possível.
— É o que você sempre diz. Mas às vezes acho que faz isso só para não preocupar ninguém.
Era verdade. Mas Adelaide não queria arriscar que sua mãe entrasse em uma espiral de ansiedade.
— Estou bem. Não precisa se preocupar.
— Estou indo aí — disse Rebecca. — Toby e eu vamos de carro. Estou fazendo a mala agora mesmo. Chegamos em... bem, seis horas e meia me parece razoável. Pode ter trânsito.
— Acho que vocês não precisam vir — disse Adelaide. — Já levei os pontos. E tomei antibiótico. Logo vou para casa.
— Só falta a burocracia do hospital — afirmou Levi. — A cachorra estava com todas as vacinas em dia. Falamos com a dona.
— Estou colocando pijama na mala — disse Rebecca. — E sutiãs. E meias. Vou pegar o Toby na terapia em grupo e estamos indo. Ah, tenho que fazer a mala dele também.
— Vocês não precisam vir — repetiu Adelaide.
— Quero te ver, querida. Me deixe ser sua mãe.
— Certo, tá bom.
— Ótimo. Acha que preciso levar outro par de sapatos para o Toby ou só o que ele está calçando dá?
— É melhor trazer mais um.
— Está bem. Argh. O quarto dele é tão bagunçado.

— Ei, o que seu emoji de baleia significa?
— O que eu mando nas mensagens? Minha baleia?
— Sim.

Rebecca fez uma pausa.

— É só uma baleia contente. Não gosto das opções de carinhas felizes. Acho todas meio estranhas. Mas gosto dos animais. Acho que a baleia é uma coisa tipo, *Aqui vai uma coisa fofinha para te fazer sorrir*. Só isso. *Estou pensando em você e quero melhorar seu dia*, sei lá. Não é óbvio?

— Ninguém usa a baleia, mãe. Ninguém sabe o que você quer dizer quando manda.

— Bem, não importa. Ainda acho uma graça. Vejo você daqui a seis horas e meia, tá bom? Preciso terminar de fazer a mala. Abraço, abraço.

— Baleia.

— O quê? Ah, sim. Baleia para você também.

Adelaide passou o resto do dia cochilando com o pulso elevado. Mandando mensagens para Stacey com a mão esquerda.

Ela estava apreensiva com a ideia de encontrar Toby, que não via desde a recaída, mas percebeu que queria ver a mãe. Estar machucada fazia surgir algo dentro dela, uma ânsia pelos cabelos despenteados de Rebecca e seu cheio de lã, por mais que ela fosse irritante na maior parte do tempo.

Às quatro da tarde, os dois chegaram, esgotados depois de pegar um trânsito terrível.

— Vou fazer brownies — disse Rebecca, que usava um gorro vermelho de lã felpuda apesar do calor. Ela tirou uma sacola de compras do carro. — Não consegui pensar em nada que eu pudesse fazer que fosse realmente útil. Mas sei que Adelaide ama brownies, então paramos e compramos os ingredientes.

— Você podia ter me mandado uma mensagem. Eu teria saído para comprar — disse Levi.

— Eu estava dirigindo. Nem pensei nisso.

Ela empurrou a sacola de compras para os braços dele e ficou encostada em Levi por um instante.

Depois pegou Adelaide e a espremeu em um enorme abraço de mãe.

— Odeio aquela maldita cachorra — ela disse. — Não acredito que isso aconteceu com você.

— Ela é uma cachorra boazinha — retrucou Adelaide. — Não fiquei brava com ela.

O menino, Jack, havia aguardado com Adelaide até Levi chegar de carro. Ela ficou extremamente grata por seu resgate sem camisa. Contou para Stacey em detalhes precisos e objetificantes.

Mas não esqueceu que ele tinha parado e colocado a guia em Docinho antes de ajudá-la. Ou talvez tivesse esquecido. Com a dor no pulso e a ansiedade por reencontrar Toby, Jack não estava exatamente no centro das atenções de Adelaide.

Toby estava saindo do carro, parecia mais gordo e mais alto do que da última vez. Tinha tirado o bigode ralo. Ele a abraçou.

— Oi.

— Oi.

— Cocô bobão bunda de trovão — ele disse, olhando para o curativo dela. — Aquela cachorra te mordeu pra valer.

Ela fez que sim.

Ele a abraçou de novo. Ela deu leves tapinhas nas costas dele com a mão que não estava machucada, sem abraçá-lo de verdade.

— Sinto muito, Adelaide. Sinto muito mesmo. Tenho sido a pior versão de mim mesmo. Espero que a gente possa recomeçar.

— Sei lá — ela sussurrou, se afastando. Seus pais tinham entrado em casa.

— Eu entendo — ele continuou. — Mas estou participando de todos os programas para me recuperar, e fiquei pensando... será que a gente pode passar um tempo juntos este fim de semana? Vim pensando nisso no caminho. Podemos, sei lá, dar uma volta pelo campus? Ou ir ao cinema? Fazer alguma coisa sem nossos pais?

Adelaide não queria fazer isso.

— Não estou com muita energia no momento — ela disse. — Perdi sangue e estou tomando antibiótico também.

— Podemos só jogar *Unstable Unicorns*, então. Eu trouxe as cartas. Só uns vinte minutos, o que você acha?

Ela achava que o irmão não tinha o direito de lhe pedir *nada*. Nem mesmo vinte minutos de seu tempo.

— Pode ser — respondeu. — Vou ver como me sinto.

— Só uma partida. Ou uma caminhada. E aí, se não quiser manter contato comigo depois disso, podemos voltar a nos ver só nos feriados, a gente fica distante, sei lá. Pelo tempo que for preciso.

— Toby.

— Eu entendo. Você tem todo o direito de estar com raiva de mim.

— Não estou com raiva.

— Você *está* com raiva, Adelaide.

— Não estou. Você tem uma doença. É uma epidemia. Sua química cerebral é suscetível.

— Acho que você está com raiva.

— Não me diga como estou me sentindo! — ela gritou. — Não estou com raiva! Eu te perdoo!

— Tudo bem, mas você nunca fala comigo — ele disse. — Nunca fala comigo, só manda umas mensagens bobas e vazias, e antes a gente... Sei lá. Antes você era minha irmã, Adelaide.

— O que você quer? — ela perguntou, surpresa com a força da própria voz. — Tentei me aproximar de você várias vezes. Depois que foi para o hospital. Eu tentei. Mandei
cartas e fotos e
você nunca respondeu. Eu
tentei falar com você. Eu
te dei os meus cactos e
todos aqueles malditos dioramas de Lego, e você
nem mesmo
pareceu notar. Eu te dei
meu quarto. Não tenho mais onde dormir em casa, e eu salvei a
porcaria da sua vida,
e em troca de tudo isso você só se tornou
frio e
não dizia nada e
só pensava em si mesmo. E depois teve uma recaída, o que deixou a gente arrasado, Toby.
Acho que não tem ideia de como isso
me deixou arrasada. Não quis contar para ninguém. Só contei para a minha colega de quarto. Não por estar com

vergonha. Eu não estava com
vergonha. Mas porque estava tão
desesperada, estava
extremamente preocupada e
destruída, e com tanta
raiva que era impossível expressar, porque parecia que se eu deixasse tudo aquilo sair, poderia literalmente
destruir uma sala de aula, ou
machucar alguém, ou
incendiar alguma coisa, então só
fiquei de boca fechada, e agora
você está reclamando que minhas mensagens são bobas? Tem noção do que está falando?

Ela parou para respirar. O pulso doía, e seu irmão estava parado diante dela, absorvendo toda a sua raiva.

— Sei que só pude ter você como irmã porque, até certo ponto, fui um bom irmão — Toby disse após um minuto. — E você podia me amar quando eu era assim. Não foi justo eu ter me transformado em um maldito lobisomem.

Adelaide sorriu. Mesmo sem querer.

— É quase impossível amar um lobisomem — Toby prosseguiu. — Detesto ser um, detesto mesmo, com todas as minhas forças, mas simplesmente tenho que conviver com isso, sabe? Tenho que viver sabendo que sou capaz de fazer essas coisas horríveis, e dar um jeito de não fazer nunca mais, e seria tão mais fácil... Não, não quero dizer isso. Não é responsabilidade sua me manter sóbrio. É só que, seria... Eu ficaria tão mais feliz... Não, também não é responsabilidade sua me deixar feliz. É que. Eu só quero voltar a ser seu irmão. Adelaide, você é a única pessoa de quem realmente gosto e que sabe tudo de terrível sobre mim. Com todos os outros eu tenho que esconder coisas ou ficar me explicando. Confessar. Depois tentar deixá-los à vontade, o que é praticamente impossível. E... Só quero que tente passar um tempo comigo nessa viagem. Só um pouquinho. Se estiver tudo bem para você. Por favor? Poderia tentar?

Adelaide olhou para Toby. Ele estava chorando. Como chorava quando era criança, contorcendo a boca, sem cobrir o rosto, fungando o catarro. Era nojento, e Adelaide amava isso nele.

— Está bem — ela disse. — Posso fazer isso.

— Sério?

— Sério. Eu jogo uma partida de cartas com você, seu tonto.

— Certo. Certo, ótimo.

Toby secou o rosto. Pegou sua mala no banco de trás do carro. Ele e Adelaide entraram e ajudaram Rebecca a fazer brownies.

Depois todos assistiram a um programa de culinária.

Rebecca tricotou. Toby apoiou os pés na mesa de centro. Quando o programa terminou, Levi e Toby foram buscar comida chinesa. Adelaide foi com a mãe levar os cachorros para passear.

Os quatro comeram macarrão com frango e molho de alho, sentados na varanda, vendo o sol se pôr sobre o campus da Alabaster.

Toby e Adelaide jogaram *Unstable Unicorns*.

Mikey Dois Ls enviou uma mensagem tarde da noite.

    Oi. Tô pensando em você.

Adelaide pensou um pouco antes de responder. Ela havia escondido sua dor de Mikey Dois Ls desde o primeiro dia do relacionamento deles, e ainda assim ele tinha notado e se afastado dela.

A essa altura era melhor dizer logo a verdade para ele. Não havia nada a perder.

    Estou me recuperando de uma mordida de pit bull. Hospital. Toda uma questão. E meu irmão ex-viciado em drogas está aqui. É a primeira vez que encontro com ele desde que teve uma recaída. Dia intenso.

    Foi mal por nunca ter te contado sobre o Toby. Mas é isso. Faz mais de um ano.

...

...

Nossa. Mas que bom que ele está se recuperando.

Você está bem?

        Estou bem.

        Amo meu irmão e estou furiosa e não confio nele.

        Mas sei que ele me ama.

        Então, sei lá. Estamos levando.

O que aconteceu com o pit bull?

        ...

        ...

Adelaide começou a escrever a história.
Mas não queria contar para Mikey que havia conhecido Jack.
Então reescreveu a história, deixando Jack de fora.
E logo se deu conta: *não tenho que contar essa história ao Mikey. Ele não é mais meu Mikey Dois Ls.*
Não devo explicação nenhuma a ele. Obrigada.
Então ela não respondeu.
Desligou o celular e foi dormir.

26

A FESTA FILOSÓFICA, REVISITADA

— Esta casa é do meu amante — disse Kaspian-Lee enquanto os filósofos perambulavam pela cozinha, se servindo de vinho e dizendo palavras como *hermenêutico, etiologia* e *superveniência*. — Eu posso ficar à vontade. Não estou sendo mal-educada.

Ela pegou um pouco de gelo e arrastou Adelaide até a bandeja de queijos, onde fez observações grosseiras sobre os convidados da festa e forçou Adelaide a experimentar o morbier.

Depois ela virou abruptamente para um jovem alto e grandão, de uns dezessete anos, que usava uma camisa de botões azul com as mangas dobradas. Ele tinha cabelos escuros cacheados, sobrancelhas dramáticas, enormes olhos castanhos, pele bronzeada e covinhas nas bochechas. O nariz era proeminente e curvado.

— Vai tocar? — Kaspian-Lee perguntou a ele. A borda do copo plástico dela estava manchada de batom.

O jovem deu de ombros.

— Se você quiser.

— Quero — ela disse. — Adelaide, este é Oscar. Ele está aqui para tocar piano.

— Oi, Adelaide.

— Oi, Oscar.
— O que aconteceu com seu pulso? — ele perguntou.
— Tive uma discussão com um pit bull.
— Sério?
— Sério.
— Gosto de pit bulls — ele disse. — Ainda posso gostar de pit bulls?
— Pode. Foi só um mal-entendido.

A caminho do piano, Oscar foi interceptado por um filósofo baixinho e suado que perguntou se ele acreditava em inferno. Adelaide roubou o brie e fugiu para um canto perto da estante.

Estava
se sentindo
deslocada na sala, como se
observasse a festa de cima.

Estava
se sentindo
pouco à vontade
com seu vestido curto e
com sua juventude, que parecia escorrer pelos poros.

Observou Oscar. Ele estava com as mãos para trás enquanto falava, se abaixando para ouvir o filósofo baixinho. Quando conseguiu se livrar da conversa, não foi logo tocar piano. Antes, parou para comer algumas uvas e foi até Adelaide.

— Isso aí na sua mão é brie?
— É. — Adelaide sentiu o rosto esquentar.
— Você pegou o brie oficial de Martin Schlegel inteiro?
— Peguei.
— Nossa, que coragem!
— Quer um pouco?

— Quero.

— Toma.

— Eu só... Ah, oh, ah. Sim. Isso que é queijo.

— Não come tudo — pediu Adelaide.

— Nem sonharia em fazer isso.

— Esta festa é estranha — Oscar disse, encostando na estante e olhando em volta. — Acho que eu nunca tinha ido a uma festa cheia de acadêmicos.

— Eu também não.

— Por que você veio?

— Conheci uma universitária perto das máquinas de bebidas que me convidou. O nome dela é Perla. E por que *você* veio?

— Kaspian-Lee é amiga da minha mãe. Ela me ouviu tocar em um recital no ano passado e perguntou se eu poderia vir tocar piano. Ela está me pagando.

— Todas as festas de adulto são assim? — Adelaide perguntou. — Estamos fadados a uma vida de festas terríveis quando crescermos?

— É possível. Mas acho que vamos dar festas melhores.

— Vamos fingir que estamos em um safári. Imagine que estamos olhando para os filósofos com binóculos, e eles não são filósofos, são suricatos.

Oscar levou as mãos aos olhos imitando binóculos.

— Não! — Adelaide agarrou os dedos dele. — Você não pode deixar eles verem seus binóculos. Filósofos se assustam com facilidade.

Eles se apoiaram no balcão da cozinha e observaram. Havia filósofos na cozinha e mais além, na sala de jantar e na sala de estar. Alguns estavam no corredor, esperando para usar o banheiro.

— Repara só — disse Oscar. — Eles cruzam as pernas quando estão nervosos.

— Eles se olham nos olhos o tempo todo. Deve ser um comportamento de dominação.

— Sim, sim. Aquele ali intimidou a outra. Está vendo, no sofá? Ele fez a moça desviar o olhar.

— Aham.

— Veja como eles mastigam a comida. É tão fofo.

— Queria poder ter um desses de estimação.

— Você teria que ter dois. Eles se sentem solitários se não têm companhia.

— Faço isso o tempo todo — ela disse.

— Fingir que está em um safári?

— Na fila do café ou em uma aula chata. No supermercado, finjo que estou observando animais na natureza e que tenho sorte de poder vê-los. Como se fosse uma experiência única.

— Gostei disso, Adelaide.

Kaspian-Lee apareceu perto dele.

— Agora é uma boa hora — ela disse em tom autoritário.

Oscar pegou um paletó no banco do piano e o vestiu, apesar do calor. Sentou e começou a tocar.

Adelaide nunca tinha pensado em piano na vida. Nunca tinha ouvido música clássica. Mas Oscar passeava pelas teclas com enorme concentração.

A música era turbulenta. Dava a sensação de que o céu estava prestes a se abrir, e que

Mikey não estava apaixonado por ela e

Toby era um viciado

estavam sendo levados pela música

para o céu, e como se, de algum modo, Oscar
soubesse como ela se sentia,
conhecesse a tempestade que havia dentro dela.

Os filósofos se reuniam ao redor do piano, conversando baixinho.

Docinho estava deitada no tapete de barriga para cima.

Oscar, aquele Oscar mágico, fez música. A sala inteira parou para ouvir. Parecia que ele não via mais nada além do piano. Quando a peça começou, suas mãos mostraram o caminho.

A música terminou.

Alguém disse que era uma sonata. Adelaide estava zonza. Ela chegou perto de Oscar.

— Você quer dar uma volta comigo? Não estou consentindo em nada.

— Eu adoraria — respondeu Oscar. — Também não estou consentindo em nada.

27

UM JOGO DE CARTAS PERIGOSO

— Qual a melhor festa a que você já foi? — Oscar perguntou enquanto caminhavam. — Já que aquela foi nitidamente a pior.

Adelaide parou para pensar.

— Uma festa num terraço em Boston. Alguém estava projetando filmes na parede do prédio da frente, e tinha lanternas de papel penduradas entre os prédios. Conheci um menino e me senti mágica e, sei lá, sofisticada. E você?

— Uma festa no acampamento de música, no verão passado, quando estava treinando para ser monitor. Levamos cerveja para uma área aberta nos fundos do acampamento. Alguém levou uma caminhonete até lá e deixou as portas abertas com o som ligado. Todo mundo ficou dançando no campo, no escuro. Sabíamos que seria um problemão se alguém descobrisse, por causa do álcool, mas colocamos o som no último volume assim mesmo.

— Você foi para um acampamento de música?

— Por sete anos.

— E por que não está lá agora?

— A monitoria só paga cem dólares por semana. Eu queria ganhar mais. Estou trabalhando no Sanduíches do Tio Benny. Ei, você é boa nas cartas?

— Sou ótima.

— É mesmo?

— Já joguei muito. Meu irmão mais novo gostava muito. A gente levava baralho até para restaurantes.

— Então vamos.

Eles já estavam no centro da cidade, e Oscar entrou em uma loja de sucos que Adelaide não conhecia. As luzes estavam acesas e havia uma mulher atrás do balcão, mas ninguém estava tomando suco às dez da noite. Oscar acenou para a mulher e abriu uma porta nos fundos.

Eles entraram em um café, escuro e cheio de sofás velhos. O lugar cheirava a café expresso e poeira. Havia um pequeno balcão e um cardápio que oferecia marshmallows caseiros e dezoito tipos de chá.

— Posso comprar um marshmallow para você? — perguntou Oscar.

— Só se você me deixar comprar um chá para você.

— Combinado.

Eles encontraram um par de poltronas com uma mesa de centro de vidro entre elas e inspecionaram uma estante com jogos de tabuleiro surrados.

— Vamos jogar cartas mesmo — disse Adelaide. — Foi o que combinamos.

Eles se sentaram um de frente para o outro e jogaram Oito Maluco.

Oscar ficou falando que conhecia regras que não existiam.

— Vou jogar esse oito — ele disse —, mas depois vou invocar a cláusula de revogação, então vou pegar de volta, e depois, pato, pato, ganso, ganso listrado, e pronto... Só tenho mais uma carta na mão, então vou ganhar.

— Você não vai ganhar.

— Vou, sim. Só tenho uma carta e quem fica sem cartas na mão ganha.

— Vou invocar o Policial Britânico.

— O que isso significa?

— Ah, vai me dizer que não conhece a regra do Policial Britânico? — Adelaide jogou o rei de ouros. — Eu jogo o Policial Britânico e você tem que pegar todas as cartas que jogou na última rodada. — Oscar pegou as cartas e ela jogou um dois. — Agora esse é o Ping dos Talheres, o que significa que, por ser um dois, você precisa pegar mais duas cartas da pilha.

— Nada disso! Porque vou jogar o Flip Flop e depois a Megera Freudiana.

— Então vou jogar a Bicicleta Urbana. E a Bicicleta Urbana Dupla.

— Peixe-lanterna. Cachorro. Briga! Briga!

— Discoteca Morreu.

— Serpente na Grama.

— Quatro serpentes. É um Pântano.

— Dançarina de Malibu.

— Não, não. Você tem que pegar uma carta — ela disse. — Não pode jogar a Dançarina de Malibu depois do Pântano.

Oscar levantou e se aproximou da poltrona dela. Se espremeu ao seu lado.

— Tenho que te beijar agora — ele disse. — Se você concordar. Porque ninguém tinha me ensinado o Policial Britânico. Vou ser um jogador bem melhor depois disso.

— Está bem — ela disse.

E eles se beijaram bem ali, no café, e os lábios de Oscar eram macios e indagadores e ele sabia muito bem o que estava fazendo.

28

UMA MINIATURISTA

E, nesse universo, Adelaide foi se apaixonando lenta e delicadamente por Oscar Moretti. Ela não o amava à perfeição. Não existe mesmo um modo perfeito de amar. Mas não escondia a angústia bem no meio do peito e não se apegava ao que eles significavam um para o outro. Oscar tornava as coisas fáceis. Não estava tentando ser o que não era, como um namorado ideal. E não estava tentando fugir de coisas, como o sofrimento.

Ela contou a ele sobre Toby. Contou que corria o risco de ser expulsa da escola por causa de suas notas. Deixou ele ver seu sutiã bege e feio, e ficou tudo bem.

Começou a construir sua maquete de *Loucos para amar*, um quarto de hotel dourado com uma cama gigantesca na parede e esqueletos entrelaçados na terra debaixo do quarto.

Ela trocava mensagens com seu irmão. Desde a visita, algo havia melhorado entre eles.

Todo dia, Adelaide passeava com os cachorros. Mesmo com Coelha, que começou a usar focinheira.

Ela cuidava da mordida que havia levado.

Uma noite, alguém roubou sua bicicleta na frente da Fábrica. Jack, o menino que tinha encontrado aquela vez no cachorródromo,

o menino da festa no terraço em Boston,

o menino que deu um soco na cara de Coelha e tirou a camisa para estancar seu sangramento,

estava passando de carro e lhe deu uma carona.

Ele ainda era lindo a ponto de deixá-la zonza, mas Adelaide não o beijou.

Apenas ficou olhando muito para ele, agradeceu a carona e saiu do carro.

Ele não tinha um papo muito interessante mesmo.

Oscar estava esperando por ela nos degraus em frente à casa de Levi. Ele subiu e ficou até as duas da manhã. Eles se abraçaram e se amaram no escuro, depois acenderam as luzes e assistiram a um filme juntos, comendo biscoitos amanteigados direto da caixa.

Adelaide trabalhou um pouco mais na maquete.

Trocou mais mensagens com seu irmão também.

Saiu com Terrance e Oscar alguns dias, e, quando Stacey foi visitá-la, os quatro foram nadar no riacho Dodson, depois ficaram acordados até tarde jogando pinball na Luigi's. Uma noite, ela levou Oscar para a mostra de filmes que os filósofos tinham organizado. Terrance concordou em ir também. Compraram sacos de Doritos e refrigerantes nas máquinas. Adelaide e Oscar ficaram de mãos dadas. Saindo do auditório, encontraram Perla e sua amiga Yael. Todos sentaram em volta da fonte da entrada e conversaram sobre Catherine Deneuve e Roman Polanski, compartilhando um saco enorme de M&M's de amendoim que Perla tinha levado para o filme.

Adelaide conheceu os pais de Oscar, que trabalhavam juntos em uma loja de antiguidades. Eles a receberam para jantar e serviram macarrão frio e duas saladas estranhas. O quarto de Oscar era caótico. Ele lavava as próprias roupas e as dobrava e empilhava quando estavam limpas. Havia pilhas de toalhas e roupa de cama também, muitas delas sobre a cama. As cortinas esvoaçavam com a brisa. Algumas noites, quando seus pais saíam, Oscar preparava massa com molho de tomate e pimenta-calabresa por cima para Adelaide. Eles comiam no sofá, vendo vídeos.

Um dia, Oscar foi até a sala de aula de Kaspian-Lee. Olhou para a maquete que Adelaide estava fazendo.

— É tão meticuloso — ele disse, bem sério.
— E isso é bom ou ruim?
— Bom.
— Fiquei obcecada.
— Estou admirado. É tão estranho e lindo. E você é uma miniaturista.

Então a beijou, e foi como se ele estivesse beijando seu cérebro.

Ela beijou o cérebro dele também. No dia seguinte, fez um diorama de Lego com um piano. A pessoa que tocava o piano era um Batman de Lego.

Oscar trabalhava quase todos os dias na lanchonete. Não queria que Adelaide fosse até lá falar com ele durante o expediente. Disse que era constrangedor e o distraía quando estava tentando trabalhar direito.

Ela disse que aquilo era ofensivo.

Ele disse:

— Por favor, deixa eu me concentrar no trabalho.

Ele disse:

— Essa é a minha parada. Não vou até a sala de aula e fico olhado você construir sua maquete.

Ele disse:

— Não, não é que eu me importe mais com sanduíches do que com você, é que preciso de concentrar. Anoto pedidos. Não posso fazer isso e ficar batendo papo, e nem ficar *fazendo sala* para você não ficar entediada. Se não tiver nenhum cliente, tenho que limpar os balcões.

Ele disse:

— Quando estou na lanchonete não é hora de ficar com a namorada!

Adelaide disse:

— Eu ficaria *feliz* se você fosse até minha sala de aula. Mas você *não quer* ir.

Ela disse:

— Você poderia ir nos seus dias de folga, fazer coisas no seu computador, sei lá.

Ela disse:

— Eu sou sua namorada?

Ele disse:

— Estou completamente comprometido com essa relação, mas acho melhor você não aparecer no meu trabalho, só isso. Vamos estabelecer alguns limites, pelo amor de deus.

Ele disse:

— Sim, você é minha namorada. É claro que é. Mas nada de Tio Benny. Por favor.

Eles tiveram uma bela discussão.

Oscar apareceu na sala de aula de Kaspian-Lee no dia seguinte, no intervalo do trabalho na lanchonete. Havia corrido até lá e estava ofegante. Nas mãos, tinha um kit de Lego chamado Centro de Animais da Cidade de Heartlake. Ele continha cachorrinhos de Lego e uma clínica veterinária e área para banho e tosa. Oscar entregou a caixa para Adelaide e correu de volta para o trabalho.

Adelaide gostava de Oscar não por ter sofrido ou por ser bonito. Embora ela o achasse bonito.

E não gostava dele por se encaixar em uma ideia com o rótulo *namorado* que tinha na cabeça. De muitas maneiras, não era isso.

Ela o enxergava claramente, sem distorções.

Ela gostava dele, também, porque ele amava muito outra coisa: sua música.

Algumas noites, Oscar ficava recluso, tocando piano em um cômodo com isolamento acústico no porão da casa da família. Adelaide pensava nele naquelas noites, de maneira quase obsessiva, imaginando suas mãos sobre o piano, como ele dedicava ao instrumento sua total atenção.

29

PODERIA DEIXAR AQUELA VERSÃO IMAGINÁRIA DE LADO

Muitas semanas após o início do verão, Adelaide terminou a maquete e a mostrou para Kaspian-Lee.

— Quando você me diz que se dedicou muito, vejo que não compreendeu — disse Kaspian-Lee. — Quanto você se dedica é irrelevante. O que importa é o resultado.

— Eu acho que a dedicação *é* relevante — Adelaide disse, protegendo sua maquete com a mão. — O processo de construir algo transforma você.

— Não é um projeto digno de nota dez — disse a professora. — É comodista.

— Srta. Kaspian-Lee?

— Pois não?

— Poderíamos falar sobre
por que é dourado, e
por que a cama está onde está, e
por que a terra está do lado de fora da janela?
Não importa quanto detestou a maquete, poderia parar um segundo para *enxergá-la*, em vez de reclamar que
meu projeto não corresponde ao
projeto imaginário nota dez que tem na cabeça?
Poderia deixar aquela

versão imaginária
de lado e
ver o que está na sua frente?

Kaspian Lee suspirou.

— Seu trabalho com cola é muito caprichado e tudo está na escala certa e nivelado.

— Obrigada.

Elas ficaram em silêncio por um instante.

— Talvez — Kaspian-Lee finalmente disse. — Talvez eu tenha esquecido de dizer que acho que tem algo singular em sua visão para essa peça. Passo esse trabalho há quatro anos. Seu quarto de hotel barato todo dourado, com essa cama-barra-trono imprestável e desesperadamente triste, não é um cenário factível. Ele não se adequa ao texto de Shephard. Mas tem *algo* aí. Na verdade, ele me faz tanto sentir quanto pensar. Vai fazer aula de escultura no último ano?

— Não me matriculei ainda.

— Matricule-se em escultura. O professor é bom. E depois faça meu curso de criação de marionetes.

Adelaide concordou.

— Me desculpe — disse Kaspian-Lee. — Estou lidando com uma situação extrema na vida pessoal. Podemos concordar com um 8,5? Tirando pontos por comodismo e por não se adequar à peça? Vou mandar sua nota para a secretaria.

Adelaide levou a maquete para casa. Acendeu as luzinhas com cuidado. Tirou fotos dela.

O celular dela apitou.

Era uma mensagem de Mikey Dois Ls. Uma foto.

Eles estavam arrumados para o baile de primavera.
Outra foto, uma selfie dos dois se beijando.
E depois uma terceira mensagem:

Nós.

O telefone tocou.
— Estou com saudade — Mikey disse quando ela atendeu.
— Oi, Mikey.
— Eu te devo dezessete desculpas. Queria poder te ver agora e dizer tudo que precisa ser dito pessoalmente. É tão estranho por telefone.
— Eu estava correndo risco de ser expulsa da escola se não melhorasse minhas notas no último semestre — Adelaide disse.
— É mesmo?
— Não quis te contar. E não fiz meus trabalhos. Tive que pedir uma prorrogação de prazo para o projeto de cenografia. Acabei de terminar a defesa do meu projeto com Kaspian-Lee.
— Como foi?
— Estou orgulhosa do que eu fiz, para dizer a verdade.
— Eu te amo — disse Mikey.
— O quê?
— Cometi um erro terrível terminando com você.
Adelaide não disse nada. Ela meio que queria falar um pouco mais sobre a maquete.
— Eu sou uma besta — Mikey disse. — Foi idiotice. Fiquei com medo de passar o verão todo juntos. Sem nossos amigos. Parecia intenso demais.
— Obrigada por falar isso, Mikey.

— É verdade. Tive medo de ficar conectado, acho. De amar.

Adelaide sentou no chão. Notou que estava com manchinhas douradas nos braços por carregar a maquete. Ela e Mikey ficaram em silêncio no telefone.

— Não acho que tenha sido um erro terminarmos — ela disse, por fim. — Eu não estava feliz.

— Não estava? Você parecia feliz.

— Achei que estivesse feliz.

— Não é a mesma coisa? Desculpa, Adelaide. Por favor, me diz que não estraguei tudo entre nós para sempre.

— É possível alguém achar que está feliz e não estar.

— Posso ir te ver no fim de semana? Podemos conversar sobre isso? Estou com tanta saudade.

— Acho melhor não.

— Só para conversar.

— Não.

Mikey fez uma pausa.

— Você está com outro cara?

— É — ela disse. — Estou.

— E esse outro cara... ele te faz feliz?

— Não é obrigação dele me fazer feliz.

Depois disso, Adelaide praticamente não pensou mais em Mikey.

Ela começou a trocar cada vez mais mensagens com seu irmão, e, conforme

o verão foi passando, começou a confiar que o

Toby que ela conhecia agora era o Toby.

Que ele poderia permanecer sóbrio.

Que ele queria de verdade e tinha ferramentas para isso.

Que eles poderiam ser
irmão e
irmã mais ou menos como eram antes.
Ou de outra forma que ainda não tinham inventado.

Durante as últimas duas semanas do verão, os pais de Oscar o levariam para viajar de férias. Não estavam indo para longe; eram cerca de três horas até o Maine, onde parentes tinham uma casa de veraneio. Estava tudo bem. Adelaide sabia que ele voltaria no início do ano escolar.

Ela só voltaria para Baltimore no feriado de Ação de Graças. Alguns dos cachorros precisavam dela até o dia da chegada dos alunos no campus.

Ela se despediu de Oscar na noite anterior à partida dele. Eles ficaram na varanda da casa dela e ele a abraçou com força por um bom tempo.

— Não é uma despedida — Adelaide disse.
— Não.
— Olá.
— Olá.

Depois ficaram se pegando como os jovens de sorte que eram, até a hora em que Oscar precisou voltar para casa.

30

UMA GUERRA DE ABSURDOS INIGUALÁVEIS

Toby fez uma visita. O plano era ficar com Adelaide e Levi por uma semana, depois Rebecca chegaria para passar uma semana e os dois voltariam para Baltimore. Nessa primeira semana, ela visitaria uma amiga em Boston.

Quando Adelaide pegou Toby no ponto de ônibus, ele só estava com uma mochila, sem mala. Ela se ofereceu para carregá-la, mas ele disse que não precisava. Não estava pesada.

Ela não sabia sobre o que conversar com ele pessoalmente. De repente, seus temores retornaram, que Toby pudesse
se ferir de novo, que ele pudesse
não ficar
bem,
que a doença pudesse
tomar conta dele quando descesse do ônibus.
Ele parecia tão novo. Ela podia ver o
garotinho que ele foi, ainda em seu rosto. Ela pensou:
Esse tipo de visita nem deveria ser permitido.
Ele está longe de seu padrinho e das consultas.
Minha mãe não deveria ter deixado ele vir.
E se ele se meter em confusão enquanto estiver comigo? E se ele tiver uma recaída e for culpa minha?

Ele mostrou um saquinho de uma loja de donuts. Estava amassado.

— Tinha donuts na parada do ônibus. Comprei de creme com cobertura de chocolate para você. — Ele abriu o saquinho e espiou dentro. — Só que o recheio vazou.

Adelaide pegou o saquinho e deu uma olhada.

— A cara não está das melhores — ela disse. — Mas vou comer assim mesmo.

— Já faz umas horas que comprei. Estou no ônibus há um bom tempo.

Ela pegou um pedaço do donut e experimentou.

— Está ótimo. Obrigada.

Levou o irmão até o lago. Toby tirou os sapatos e molhou os pés. Adelaide fez o mesmo, embora ninguém jamais nadasse no lago. Não era permitido.

— Podemos fazer uma guerra de abobrinha? — Toby perguntou. — Enquanto eu estiver aqui.

— Está falando sério?

— Estou. Sinto que pode ser legal batermos um no outro com legumes. Em nome dos velhos tempos.

— Acho que pode ser.

— Talvez com cenoura em vez de abobrinha — ele sugeriu. — Acho que uma guerra de cenoura deve ser até melhor.

— Combinado.

No dia seguinte, Toby e Adelaide terminaram de pintar o banheiro de Levi e o corredor. O problema era que Toby pintava com desleixo. Adelaide não deixou ele fazer o acabamento. Ele limpava a bagunça e ia buscar sanduíches.

No dia em que terminaram a pintura, foram até o supermercado enquanto Levi estava no trabalho. Pretendiam pegar um táxi na volta. Dentro do mercado estava gelado. Dava para ouvir o zunido das luzes frias. Os brócolis estavam tristes e com as pontas amareladas. Levi tinha dado um dinheiro a eles, e Toby escolheu várias comidas que Adelaide jamais imaginaria: granola com mirtilo desidratado, várias mangas, mistura para bolo e um pote de cobertura artificial de baunilha, molho apimentado para macarrão.

Pegaram quatro cenouras bem compridas para a guerra (duas armas e duas de reserva). Depois ficaram inspirados e acrescentaram duas beringelas, dois pepinos e dois dos brócolis feiosos.

Adelaide mandou mensagem para Oscar, que estava no Maine.

> Meu irmão e eu vamos fazer uma guerra de legumes.

Legal.

> Não conseguimos decidir qual vai ser a música de fundo.

Estão pensando em clássico ou pop?

> Bem, é uma comédia.

Seria engraçado usar uma música séria.

Vocês vão filmar?

                ...

                Sim, vamos. Acabamos de decidir isso.

                Talvez uma parte em câmera lenta. Ideia do Toby.

Então vão editar a trilha depois.

A pergunta agora é: Qual vai ser o cenário?

                Toby disse que o local da filmagem vai ser o quintal da casa do meu pai.

                Ah! Espera!

                A guerra de legumes vai ser encenada na maquete toda dourada que fiz para *Loucos para amar*.

Perfeito.

Sobre a trilha sonora.
Pensei em *Carruagens de fogo*.

        É tão sexy quando você diz
        trilha sonora em vez de música.

Ha.

        O que é *Carruagens de fogo*?

Uma boa música para uma
guerra de legumes. Parece
clássica. Mas não é.

        (Abrindo o app. Ouvindo.)

        Coloquei a trilha de
        Carruagens de fogo para
        o Toby ouvir e ele está rindo
        tanto que derrubou várias
        laranjas. Elas saíram rolando
        pela seção de hortifrúti.

        Agora ele está quase
        derrubando uma melancia.

        Ah, droga. A melancia caiu.
        Está rolando!

        O gerente acabou de falar que
        não podemos poluir o ambiente
        do mercado com nossa música
        e que isso é falta de educação.

                E eu disse: mas é *Carruagens de fogo*!

                E ele ficou, tipo, melancias e laranjas não são brinquedos! São frutas e têm um custo. E aqui é um lugar para compradores sérios.

Ele disse mesmo "compradores sérios"?

                Não.

Posso ajudar a filmar se vc quiser.

                Temos que fazer tudo antes de o Toby ir embora.

Eu poderia ir amanhã.

                Você voltaria do Maine? Sério?

Voltaria.

Eu voltaria para te ver, Adelaide.

Quero te ver.

Eles estavam descarregando as compras em casa quando Adelaide chegou ao "Voltaria" de Oscar.

Ela queria que ele fosse ajudá-los a fazer um filme. Queria que ele a levasse,

apenas ela,

para o lago no limite do campus, sob o grande e velho carvalho, e

a encostasse no tronco áspero.

Queria que ele pressionasse o corpo junto ao seu conforme a temperatura caísse e a lua fosse subindo no céu.

Queria tirar a camisa dele no ar frio da noite e o ver ali, tremendo diante dela. Que ele a deixasse tocar em sua pele com as mãos quentes, as unhas dela pintadas de azul, ambos com a respiração acelerada.

Queria que Oscar tocasse "Carruagens de fogo" para ela no piano e que a ajudasse a tirar suas coisas do depósito e levar para o novo dormitório, o quarto individual que teria durante o último ano, onde penduraria luzinhas ao redor da janela.

Queria que ele adorasse Toby, e queria que Toby o adorasse, e que Oscar e ela iniciassem o ano escolar juntos, se encontrando nas noites de sexta-feira assim que as aulas terminassem, jogando jogos de cartas ridículos e inventados no café secreto atrás da loja de sucos. Queria deitar no chão da sala da casa dele e ouvi-lo tocar piano enquanto fazia as tarefas. Comer saladas estranhas com os pais dele e conversar até tarde da noite e...

Adelaide queria que Oscar voltasse do Maine para que pudesse acreditar, como tinha acreditado com Mikey, que o que havia entre eles era permanente.

Ele ultrapassaria Mikey Dois Ls, seria mais legítimo do que

Mikey jamais fora, porque ele, Oscar, havia se disposto a voltar por ela, algo que Mikey nunca faria.

Esse não era um bom motivo para Oscar voltar.

Toby e Adelaide guardaram as compras. Guardaram os legumes para o filme em sacos ziploc grandes.

Depois comeram batatas chips e assistiram a episódios antigos de *Saturday Night Live* até as seis.

Levaram Lorde Voldemort e Grande Deus Pã para passear. Todos os outros cachorros já estavam com seus donos, que tinham voltado das férias.

Quando passaram pela casa de EllaBella, a cachorra olhou para Adelaide de seu canto na janela. Só dava para ver sua cabeça preta fofa acima do peitoril.

— Aquela é EllaBella — Adelaide disse a Toby. — Ela ficou comigo o verão todo.

— Gostei da cara dela. Lembro da foto que você mandou. Podemos levar ela para passear também?

Voldemort e GD Pã viraram instintivamente para a porta de EllaBella.

Adelaide tocou a campainha.

O sr. Byrd atendeu descalço. Usava jeans e óculos de armação preta. Dava para ver suas malas ainda na entrada, mesmo ele tendo chegado em casa havia três dias. EllaBella abanou o rabo.

— Adelaide. Oi. EllaBella está feliz em ver você.

— Este é o meu irmão, Toby.

— Olá, Toby. — O professor apertou a mão dele. — E quem são esses caras?

Ele se ajoelhou e GD Pã cheirou seu rosto enquanto Lorde Voldemort se escondia timidamente atrás das pernas de Adelaide.

Era tão estranho que Derrick Byrd nunca tivesse visto esses cachorros. Eram amigos de EllaBella.

— Podemos levar EllaBella até o cachorródromo? — ela perguntou.

— Você quer? Acabei de passear com ela.

— Estou com saudades dela — Adelaide disse. — E Toby quer conhecê-la.

Toby confirmou com a cabeça.

— Entrem um segundo enquanto vou buscar a guia dela.

Eles entraram com ele na casa em que Adelaide já tinha entrado tantas vezes sozinha. Partes dela pareciam fora do lugar. Livros tinham migrado para outras bancadas e para pilhas menores. Havia um prato com um pão com Nutella pela metade ao lado de um laptop. Byrd estava — Adelaide deu uma olhada no arquivo — preparando um curso sobre história da África pré-colonial.

Ele se abaixou para prender a guia na coleira de EllaBella.

— Deixa eu te devolver sua chave — ele disse. — Vou sair às sete.

Ele quis pagar pelo passeio, mas Adelaide disse que esse seria por conta da casa.

No cachorródromo, Adelaide e Toby chuparam umas pastilhas para tosse que ela encontrou na mochila mesmo sem estarem com dor de garganta.

Toby jogou um graveto para Voldemort e GD Pã enquanto EllaBella andava pelo espaço com o focinho no chão, abanando o rabo de leve.

***

Mensagens.

                        Oscar. Desculpa, mas por favor

                        espera um pouco

                        e volta do Maine no domingo.

                        Não amanhã.

...

...

                        Ei, recebeu a mensagem que eu mandei antes?

                        Não sei se já comprou passagem de ônibus e tal.

Não comprei a passagem.

Ainda.

Vocês desistiram de fazer o filme?

Não.

...

...

Quero fazer o filme.

Amei você ter se oferecido
para ajudar.

Mas

Preciso passar um tempo
só com o meu irmão.

É como se a gente tivesse
esquecido que se conhece,
esquecido até que somos
irmãos, e acabamos de voltar
a nos reconhecer.

Sinto que é importante.

Tempo para a família.
Eu entendo.

Meus pais não ficaram mesmo
muito felizes de eu ir embora.

                    Eu quero te ver. Queria que
                    estivesse aqui.

?

Você acabou de me dizer
para não ir, Adelaide.

                    Desculpa. Eu sei.

                    ...

                    ...

                    Por favor, não vem. Preciso
                    passar um tempo com Toby. Bjs

Tudo bem.

31

A ONDA DE AMOR

Toby e Adelaide foram nadar na piscina e ficaram se batendo com boias espaguete coloridas. Compraram comida chinesa para viagem e caminharam pelo campus comendo direto das caixinhas.

Gravaram a guerra de legumes com o celular de Adelaide. A guerra foi vigorosa e sangrenta.

A maquete dourada de *Loucos para amar* não sobreviveu ao processo. Havia pedaços de brócolis em todo canto. E cenoura esmagada. E ketchup que usaram para imitar sangue. Uma parede desabou.

Tudo bem. Era um objeto impermanente. O verão tinha terminado, e era hora de a maquete morrer. Eles filmaram os escombros também.

No dia seguinte, discutiram sobre como editar o filme. Como ficaria a trilha sonora. Se colocariam ou não legendas.

Não terminaram no mesmo dia, nem no dia seguinte.

Acabaram se distraindo. Os novos alunos do nono ano chegaram para três dias de orientação, e podiam ser vistos andando por todo lado usando camisetas da Alabaster e cordões de identificação no pescoço, todos reunidos, segurando mapas. Rebecca chegou, e o trabalho de verão de Levi no setor de admissões terminou, deixando alguns dias livres para passeios em família.

Rebecca estava de cama com dor ciática após a viagem de carro, mas saiu do quarto para jantar e ficou abraçando Adelaide de lado, como os pais fazem quando querem ser amorosos, mas não invasivos. No dia seguinte, todos ajudaram Adelaide a levar suas coisas para o dormitório novo.

Eles penduraram pisca-piscas ao redor da janela. Rebecca deu um conjunto novo de lençóis embalado em papel de presente para Adelaide. Depois abriu o porta-malas do carro, revelando oito dioramas de Lego cuidadosamente envolvidos em plástico-bolha para a viagem. Eles organizaram tudo na estante de Adelaide após fotografarem todos quando a luz estava boa.

— Para o caso de você querer usá-los no portfólio que vai apresentar nas inscrições para a faculdade — Levi disse.

Os quatro saíram para comer pizza na última noite de Toby e Rebecca na cidade.

— Se ela não parar de encostar no meu rosto é capaz de eu vomitar — Adelaide sussurrou para Toby entre uma mordida e outra. — É opressivo demais.

— Ela está sempre tentando encostar no meu rosto também. Faz isso quando está sentindo a onda de amor.

— Queria muito que ela parasse.

— Deixa ela — Toby disse. — Respira fundo até acabar. Ela é a mãe. Você ficou longe o ano todo. Ela fica feliz.

— Olha só para eles, cochichando do outro lado da mesa, que nem quando eram crianças — disse Rebecca.

— Algumas coisas nunca mudam — acrescentou Levi.

Mas eles tinham mudado.

Adelaide
nunca seria a mesma. Toby
nunca seria o mesmo também.
Eles não podiam voltar a ser como foram um dia.
Só podiam seguir adiante.

Rebecca insistiu em ir à farmácia depois do jantar. Enquanto Adelaide e Toby ficaram olhando os Toblerones enormes e vários tipos de biscoito, a mãe deles encheu duas cestas de compras com o que parecia o equivalente a um ano de hidratantes de damasco, lâminas de barbear, analgésico, xampu, condicionador, creme dental, protetor labial, absorventes e preservativos.

— Que bom que está cuidado de minhas partes íntimas com tanto cuidado — disse Adelaide, olhando na cesta.

— Não estou querendo me meter na sua vida, mas quero que fique com isso — disse Rebecca, a respeito dos preservativos. — É muito importante se proteger.

— Vão achar que sou acumuladora.

— Vamos comprar uma caixa para você guardar embaixo da cama — disse Rebecca. — Eu penso em tudo. Você gosta disso em mim.

— É, acho que gosto mesmo — disse Adelaide.

32

ALGUM DIA, OU EM OUTRO UNIVERSO

Adelaide estava no quarto no dormitório quando Oscar ligou.

Oscar disse que não sabia como dizer isso a ela.

Oscar disse que sentia muito.

Oscar disse que não ia voltar.

Nunca mais.

— Preciso que me explique isso — ela disse.

O quarto girava ao seu redor. Ela se deitou.

E Oscar explicou.

Era música. Seu nome tinha saído da lista de espera de um dos conservatórios musicais em que havia se inscrito. Ficava no Michigan. Havia auxílio financeiro.

Então Oscar estudaria lá. Era seu último ano. Faria uma enorme diferença na hora de entrar na faculdade. E ele queria estudar lá. Viver em um mundo de música, respirá-la, expandir a mente, pensar diferente, tocar diferente.

— Quando ficou sabendo? — Adelaide perguntou.

— Faz uma semana — ele respondeu.

— Antes de você se oferecer para vir me ver?

— É. Por isso eu queria tanto ir.

— Por que não me contou naquela hora?

— Eu quis contar. Escrevi dez mensagens diferentes, mas todas pareciam horríveis. Aí eu te liguei, mas você atendeu quando estava vendo aquele filme com Toby. Lembra? Depois fiquei com medo.

— Com medo de quê?

— De te perder. Quis adiar esse momento — disse Oscar. — Porque é horrível.

— É — ela disse a ele. — É horrível.

— Preciso ir — ele disse. — Quero ir.

E é claro,

é claro,

ele tinha mesmo que ir. Ele deveria querer ir.

— Quando eu te disse para não vir, achei que teríamos um ano inteiro pela frente — Adelaide explicou a Oscar. — Eu precisava ficar com meu irmão.

— Precisava mesmo.

— Achei que você ia voltar.

— Eu vou ter que ir para lá direto do Maine para chegar a tempo. Estou indo amanhã, na verdade. Minha mãe vai mandar o resto das minhas coisas.

— Amanhã está muito perto.

— Volto nas férias de inverno.

— Mas eu vou estar em Baltimore.

— Eu sei. Pensei nisso.

— São mais de mil e quinhentos quilômetros de distância. Posso não te ver nunca mais.

— Também posso não te ver nunca mais — Oscar disse.

Ela o amava. Queria que ele tivesse tudo, tudo o que quisesse.

— Daqui a vinte anos, você vai me ver — ela disse.

— Vou?

— Vou encontrar com você no meio de Nova York. Por acaso, sabe? Em uma sala de cinema. Vou estar com meus filhos, e com meu marido, e

vamos estar levando as crianças para ver um filme sério com tema filosófico,

ou então um filme sobre as aventuras de pessoas de Lego.

Vou estar com um pedaço de queijo brie na bolsa. Envolvido em plástico para não ficar com cheiro forte. Você vai estar no saguão com sua linda esposa, conversando com um senhorzinho entusiasmado que é fã de música. Ele te parou no saguão porque te viu

tocando piano

no

Carnegie Hall

e isso mudou a vida dele.

Ele mal pode acreditar que está te vendo no cinema, segurando um saco de pipoca com manteiga.

Você vai me ver.

— Minha esposa vai ficar com ciúmes.

— Talvez fique. E você vai se perguntar

se sou eu mesma ou

uma pessoa parecida

comigo,

e eu vou me perguntar

se é você mesmo ou alguém parecido com

você,

e você vai dizer: *Com licença, não posso mais conversar sobre Beethoven, meu bom senhor, porque Adelaide Buchwald está aqui, e ela está velha, mas ainda está supergata.*

— Não quero que a gente esteja casado — disse Oscar. — Não podemos ser solteiros?

— Está bem.

— Solteiros, mas não solitários e tristes com isso.
— Tudo bem. Somos solteiros. E
a princípio estou te objetificando demais porque tudo que penso é: *ah, olha só aquele
belo pedaço de homem com mãos perfeitas e um
perfil incrível*, mas logo me dou conta de que é
você,
o Oscar de minha juventude.
— Eu tenho cabelo? — perguntou Oscar. — Meu pai é careca e eu gostaria de ter cabelo nessa história.
— Você tem só trinta e sete anos. Você tem cabelo. E eu estou com meus lindos filhos, mas sou divorciada, então não se preocupe com isso. Meus filhos têm idade suficiente para sentar sozinhos no cinema. Estou vestindo roupas fantásticas e estou em Nova York para uma
exposição das minhas casas de boneca em miniatura
mostrando representações de assassinatos famosos, ou talvez para
um festival de cinema que está exibindo minha
obra-prima de animação em stop-motion.
— Parece o tipo de arte que você faria — afirmou Oscar.
— Parece mesmo — disse Adelaide. — Acho que eu faria uma série incrível de cenários de assassinatos em miniatura.
— Qual a sua obra-prima em stop-motion?
Ela parou para pensar.
— É sobre cachorros que têm vidas secretas, como pessoas, mas ainda continuam sendo cachorros. Entendeu? Eles conversam sobre o couro dos sapatos e sobre fazer xixi.
— Acho que não vou ficar na dúvida se é mesmo você — disse Oscar. — Eu vou saber que é você. Sempre vou saber que é você, mesmo quando for velha.

— Você sabe que sou eu — afirmou Adelaide. — E eu sei que é você.

Vamos sentar em um banco de couro vermelho no saguão enquanto meus filhos assistem ao filme.

Somos adultos e vivemos muitas das coisas que há para viver.

— Eu estou muito feliz em te ver — disse Oscar com delicadeza.

— Também estou muito feliz em te ver. É como nos velhos tempos.

— É como nos velhos tempos.

Ele estava chorando no telefone.

— Você vai fazer músicas lindas e viver uma grande aventura, Oscar — Adelaide disse a ele. — Quero que faça isso. Você merece fazer isso. Mas também gostaria que ficasse.

— Eu gostaria de ficar também — afirmou Oscar. — Não consigo imaginar um tempo em que não vou te amar e querer ficar com você.

Adeus.

33

COISAS QUE ELA NÃO PODERIA EXPRESSAR EM PALAVRAS

Adelaide passou um tempo acordada depois que desligou o telefone. Estava repleta de amor e tristeza, e as duas emoções giravam uma ao redor da outra dentro dela. A sensação era de que havia mais espaço em seu peito que antes. Então pegou no sono, e amanheceu.

Ela tomou um banhou e chorou debaixo d'água.
Ela chorou a perda de
Oscar.
E a perda de Mikey Dois Ls,
e do Toby de antigamente.
Ela chorou a perda dos
cachorros, que pertenciam a outras pessoas,
e a
perda de Oscar de novo.
Ela chorou também pela quase impossibilidade de
gostar de uma pessoa e enxergá-la com precisão.
Ela sentia que havia perdido Oscar justo quando passou a vê-lo com nitidez,
e que nunca tinha visto Mikey assim,
e nunca veria.
Ela não sentia nada por Jack, é claro, porque neste mundo possível, ele entrou e saiu, sem deixar marca nenhuma.

***

Mais tarde, foi até o café com piso de madeira clara e pediu um latte gelado. Sentou na parte de dentro e mandou mensagens para os donos dos cachorros.

Gostariam que Adelaide levasse os cachorros para passear durante o ano escolar? Com a grade horária que tinha, seria possível fazer um passeio no meio do dia durante a semana.

Ela ficou esperando as respostas.

Pretzel, não, obrigado.

GD Pã e Voldemort, sim.

EllaBella, sim, por favor.

A dona de Coelha respondeu quando Adelaide estava a caminho da livraria da escola. "Coelha está em busca de um novo lar. Depois de refletir muito, resolvi que não posso viver com uma cachorra que morde. Além disso, minha casa está fedendo a urina. Por favor, me avise se souber de alguém que queira ficar com ela."

Sim, pensou Adelaide. *Eu quero.*

Ela queria ficar com Coelha. Tudo bem, Coelha era rabugenta. E tudo bem, Coelha havia mordido Adelaide.

Mas o pelo de Coelha era tão brilhante e macio. Suas pernas atarracadas eram hilárias. Adelaide gostava de como Coelha respirava quando um petisco estava saindo do bolso de alguém. E de como ela dormia, com a barriga para cima.

A cachorra estava tão arrependida. Ela nunca mais morderia ninguém. Merecia ser perdoada.

Já tinha sido perdoada.

Adelaide mandou uma mensagem para a dona. "Vamos ficar com ela."

Depois ligou para Levi e explicou que Coelha moraria com ele.

— Você precisa de companhia — ela disse. — Está triste sem a mamãe.

— Talvez isso seja verdade — ele disse.

— Você está solitário.

— Também é verdade. Mas por que uma pit bull seria a solução?

— Ela pode usar tipo uma focinheira de tecido enquanto vocês ainda estiverem se conhecendo — Adelaide explicou. — E eu levo ela para passear no meio do dia.

— Não acredito que você adotou uma cachorra para mim — Levi disse.

Mas ele não parecia zangado.

Eles foram juntos até uma loja para comprar ossos de couro cru e ração. Levi trocou mensagens com a dona de Coelha para saber os detalhes. Depois foram buscar a cachorra. Ela veio com uma caminha, duas tigelas e uma guia.

A dona insistiu em ver a cicatriz de Adelaide, o local perfurado pelos dentes de Coelha.

— Eu me senti segura quando peguei uma pit bull — ela disse. — Achei que ela protegeria a casa. Mas, sinceramente, ela nunca late quando alguém aparece na porta, e agora estou com medo de levar uma mordida. Estou dormindo com a porta do quarto fechada.

Levi seguiu as instruções de Adelaide e se abaixou para conhecer Coelha, estendendo a mão. Ela estava de focinheira e cheirou seus dedos. Depois deu uma cabeçada na mão dele, pedindo carinho. *Seu pai tem o cheiro de uma boa pessoa*, ela disse a Adelaide.

— Você vai ser de grande ajuda para ele — Adelaide disse a Coelha. — Ele precisa de companhia.

Fiquei triste por ela não me querer mais. Achei que me amasse.
— Nós vamos te amar — afirmou Adelaide.

Eles caminharam com Coelha pela vizinhança e voltaram para casa. Colocaram sua caminha xadrez surrada no chão do escritório de Levi. Tiraram a focinheira para dar água para ela e um lanchinho fora de hora, para que se sentisse em casa. Levi fez uma ligação para contratar alguém para cercar seu pequeno quintal. Eles acariciaram as costas largas e lustrosas de Coelha e lhe disseram que cuidariam dela.

Stacey S. voltou para o campus na manhã seguinte e insistiu que Adelaide a encontrasse no café antes mesmo de tirar as coisas do carro.

— Preciso de um latte duplo com xarope de caramelo — ela disse. — Tomei tanto suco verde esse verão. Estou louca por um pouco de cafeína. Além disso, terminei com Camilla. Preciso superar.

— O que isso significa, na prática? — Adelaide perguntou enquanto esperavam na fila do café. — "Superar."

— Não faço ideia. Mas no final as coisas azedaram com ela. Ficou tóxico, tóxico.

— Tóxico em que sentido?

— Camilla é manipuladora. Tipo, ela tentou me deixar com ciúmes. De propósito. Que tipo de pessoa faz isso?

— Uma pessoa terrível.

— Bem, no mínimo uma pessoa muito insegura. E meio cruel.

Elas fizeram os pedidos.

— Como foi a visita de Toby? — Stacey perguntou.

— Ele é um cineasta extremamente mandão — respondeu Adelaide. — E acabou comigo em, sei lá, uns seis tipos de jogos de tabuleiro diferentes.

— Então ele está bem.

— Está — afirmou Adelaide. — É um dia de cada vez, mas ele está bem.

— Vi Mikey Dois Ls parado na frente do refeitório — disse Stacey. — Quis esnobá-lo, mas eu estava no carro.

— Argh. Queria não ter que ver Mikey. Nunca mais. Nem Aldrich. Nem nenhum dos amigos dele. Minha situação ideal seria que todos parassem, num passe de mágica, de estudar nesta escola.

— Demonstre o máximo de dignidade — disse Stacey. — Só diga: *E aí, Mikey*. Como se não ligasse. E mais nada. Usar *aí* é importante, eu acho. *E aí*.

Os pedidos ficaram prontos. Elas caminharam pelo campus. Adelaide foi visitar o quarto novo de Stacey. Elas penduraram pôsteres e arrumaram a cama. Depois saíram na sacada do dormitório. Apoiadas na grade do segundo andar, olharam para baixo, para pessoas chegando, carregando malas e sacos de roupa.

Havia carros enfileirados na frente dos prédios. Pais e mães se movimentavam ao redor deles, descarregando ursos de pelúcia e caixas de som, caixas de papelão cheias de livros. Faziam pilhas no chão de paralelepípedos e nos degraus. Um ônibus chegou do aeroporto e parou. Uma fila de estudantes desceu, a maioria puxando malas com rodinhas.

Um menino mal-humorado de calça jeans larga bebia uma coca na escada.

Alguns caras do time de basquete passaram correndo, usando uniforme.

Duas meninas com apliques cacheados nos cabelos e brilho nos lábios gritaram quando se viram.

Um grupo de meninas tímidas saiu do centro acadêmico com um saco grande de batata frita e sentou no gramado para comer.

Adelaide estava feliz de estar na Alabaster. Faria aula de escultura e criação de marionetes. Nelas, criaria
    formas que
    não eram o que pareciam ser;
    imagens de meninos que
    não eram quem pareciam ser, ou quem
    costumavam ser;
    imagens de guerras que eram reencontros, e
    baleias e gorros de lã e absorventes que representavam amor. Ela construiria
    espaços que existiam só em sua imaginação,
    quartos contraditórios e
    coisas que ela não poderia expressar em palavras,
    porque não seriam coerentes em uma história única e ordenada.

Essas coisas se tornariam tangíveis sob seus dedos. E, ao criá-las, Adelaide
    curaria suas feridas ensanguentadas e
    liberaria sua raiva; ela
    abriria os pulmões para respirar profundamente o ar úmido do outono da Nova Inglaterra, e
    abriria o coração para pessoas (e cachorros). Ela
    se amaria, mesmo com sua
    tristeza e seu
    ar distraído, suas

defesas e seus
fracassos.
O processo de criação
expandiria o universo
até que ficasse
assustadora e gloriosamente
amplo com possibilidades.

NOTA DA AUTORA

Parte da inspiração para *De novo, outra vez* veio de um conto que escrevi alguns anos atrás chamado "How I Wrote to Toby", publicado em 21 *Proms*. A personalidade dos personagens e circunstâncias são diferentes da história original — e ela não se alterna em mundos possíveis —, mas foi assim que começou. *Constelações*, de Nick Payne, foi outra fonte para este livro. É uma maravilhosa história de amor no multiverso.

A Escola Preparatória Alabaster aparece (e é questionada, como prometido) em meu livro *O histórico infame de Frankie Landau-Banks*. A pizzaria Luigi's também está presente nesse livro.

A Fábrica é livremente baseada no Mass Moca, Museu de Arte Contemporânea de Massachusetts, em North Adams. É possível ver imagens de algumas das exposições mencionadas abaixo no site da instituição.

As artes que Adelaide vê e faz foram todas inventadas por mim — mas com clara inspiração nas seguintes: *Half-Truths*, de Paul Ramírez Jonas, no New Museum, em Nova York, 2017; *The Flat Side of the Knife*, de Samara Golden, no MoMA PS1, 2014; o livro *Mark Dion: Contemporary Artist*, de Mark Dion, Lisa Graziose Currin, Miwon Kwon e Norman Bryson; *Garden of Eden on Wheels*, uma instalação, e praticamente todas as exposições do

Museum of Jurassic Technology, em Culver City, Califórnia; *Mary Corse: A Survey in Light*, no Whitney Museum of American Art, em Nova York, 2018; e na arte em Lego de Nathan Sawaya e Dante Dentoni (entre outros). O quadro do professor Byrd é de Kehinde Wiley. As ideias para *Loucos para amar* tiveram influência da produção de 2015 de Daniel Aukin no Teatro Samuel J. Friedman, do Manhattan Theater Club, com design de cenário de Dane Laffrey.

AGRADECIMENTOS

Agradeço à minha editora, Beverly Horowitz, que gentilmente me obrigou a repensar o livro por inteiro, várias vezes, fazendo as perguntas certas com seu jeitinho particular. Obrigada a Lauren Myracle, Gayle Forman, Daniel Aukin e Sarah Mlynowski, por ler os rascunhos do livro e fazer críticas, e a Len Jenkin, Libba Bray e GF, por conversarem sobre pontos do enredo comigo. Bob meu deu um apoio infinito. Minha agente, Elizabeth Kaplan, fez todo o seu trabalho de agente, mas mantendo a fé neste livro quando ele ainda estava totalmente sem forma. Inúmeros amigos com entes queridos que sofreram com dependência de opioides compartilharam suas histórias comigo e me ajudaram a construir os arcos emocionais do livro.

Na Random House, minha gratidão a toda a incrível equipe, incluindo, mas não se limitando, a Mary McCue, Colleen Fellingham, John Adamo, Dominique Cimina, Kathleen Dunn, Rebecca Gudelis, Christine Labov, Barbara Marcus e Adrienne Waintraub. Obrigada a Jane Harris e Emma Matthewson, da HotKey, por seu entusiasmo e apoio.

Obrigada a Josh Pugh, por apoiar a instituição beneficente Day One, Voices Against Violence. Por sua contribuição à causa ele pôde escolher o nome de uma personagem: Stacey Shurman.

No início de 2018, dois de meus alunos da Hamline University escreveram ensaios que influenciaram meu pensamento neste livro. Sou grata a Miguel Camnitzer, cujo trabalho de pesquisa desafiava a predominância do paradigma monogâmico na ficção recente para jovens adultos, e a Jonathan Hillman, cujo trabalho chamou a atenção para os padrões de beleza rígidos seguidos por personagens masculinos nos romances contemporâneos.

Ivy, Daniel, Hazel, Clementine e Blizzard foram os melhores dos melhores em todos os universos possíveis.

ESTA OBRA FOI COMPOSTA POR OSMANE GARCIA FILHO EM JOANNA,
HELVETICA E CAPITOLINA E IMPRESSA EM OFSETE PELA LIS GRÁFICA
SOBRE PAPEL PÓLEN NATURAL DA SUZANO S.A. PARA A
EDITORA SCHWARCZ EM JANEIRO DE 2024

A marca FSC® é a garantia de que a madeira utilizada na fabricação do papel deste livro provém de florestas que foram gerenciadas de maneira ambientalmente correta, socialmente justa e economicamente viável, além de outras fontes de origem controlada.